Von Alistair MacLean
sind als Heyne-Taschenbücher erschienen:

Die Kanonen von Navarone · Band 01/411
Nacht ohne Ende · Band 01/433
Jenseits der Grenze · Band 01/576
Angst ist der Schlüssel · Band 01/642
Eisstation Zebra · Band 01/685
Die schwarze Hornisse · Band 01/944
Agenten sterben einsam · Band 01/956
Der Satanskäfer · Band 01/5034
Geheimkommando Zenica · Band 01/5120
Souvenirs · Band 01/5148
Tödliche Fiesta · Band 01/5192
Dem Sieger eine Handvoll Erde · Band 01/5245
Die Insel · Band 01/5280
Nevada Pass · Band 01/5330
Golden Gate · Band 01/5454
Circus · Band 01/5535
Meerhexe · Band 01/5657
Goodbye Kalifornien · Band 01/5921
Geiseldrama in Paris · Band 01/6032
Die Hölle von Athabasca · Band 01/6144
Höllenflug der Airforce 1 · Band 01/6332
Fluß des Grauens · Band 01/6515
Partisanen · Band 01/6592
Die Erpressung · Band 01/6731
Einsame See · Band 01/6772
Das Geheimnis der San Andreas · Band 01/6916
Die Männer der »Ulysses« · Band 01/6931
Der Traum vom Südland · Band 01/7013

ALISTAIR MacLEAN

DIE ÜBERLEBENDEN DER KERRY DANCER

Roman

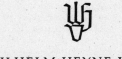

WILHELM HEYNE VERLAG

MÜNCHEN

HEYNE ALLGEMEINE REIHE
Nr. 01/504

Titel der englischen Originalausgabe
SOUTH BY JAVA HEAD
Deutsche Übersetzung von H. E. Gerlach

26. Auflage

Copyright © Devoran Trustees Ltd.
Lizenzausgabe mit Genehmigung des
Lichtenberg-Verlages, München
Printed in Germany 1987
Umschlaggestaltung: Atelier Ingrid Schütz, München
Umschlagfoto: Bildagentur Mauritius, Mittenwald
Gesamtherstellung: Presse-Druck Augsburg

ISBN 3-453-00051-X

1

Berlin hatte er vier Jahre nicht mehr gesehen. Daß er ein Deutscher war, durfte niemand wissen. Daß sich hinter dem Holländer van Effen der Oberstleutnant der deutschen Abwehr Alexis von Effen verbarg, war Geheimste Kommandosache. Er konnte sich kaum mehr erinnern, wie er einmal wirklich ausgesehen hatte, damals, als er in Berlin fast jeden Tag seinen Morgenritt durch den Tiergarten oder den Grunewald machen konnte. Er hatte kein Foto, weder von sich noch von den Mädchen, die ihn gern geheiratet hätten. Aber ein Mann der Abwehr ließ besser die Finger von den Mädchen. Für alle Fälle...

Seit vier Jahren spielte er die Rolle eines Schattens. Sein Schatten fiel auf einen Engländer namens Foster Farnholme, der Chef der britischen Abwehr in Südostasien war. Und Farnholme hatte keine Ahnung, wer dieser Holländer van Effen war, den er in seinen Stab aufgenommen hatte; denn außer ihm sprach nur noch der Holländer so viele asiatische Sprachen, vom Japanisch begonnen bis zu den vielen Dialekten der malaiischen Inselgruppen.

Um Mitternacht, am 14. Februar 1942, saß Foster Farnholme im Wartezimmer der britischen Kommandantur von Singapur. Draußen, in einem engen Kreis rings um die Stadt, lagen die triumphierenden, unaufhaltsam vordringenden Japaner geduckt vor den letzten Verteidigungsstellungen. Sie warteten nur auf die Dämmerung, um zum letzten Schlag gegen Singapur auszuholen.

Auch Foster Farnholme dachte daran. Die Kerzen beleuchteten sein Gesicht mit dem dichten weißen Haar, dem struppigen, weißen Schnurrbart unter der Adlernase. Wie ein Pensionär sah er aus, der mit sich und der Welt zufrieden zu sein schien.

Die Tür hinter ihm wurde geöffnet. Ein junger, müde aussehender Sergeant kam herein. Farnholme wandte langsam den Kopf und hob in stummer Frage die buschigen Brauen.

»Ich habe Ihren Wunsch ausgerichtet, Sir. Captain Bryceland wird gleich kommen.«

»Bryceland?« Die weißen Augenbrauen Farnholmes vereinigten sich über den tiefliegenden Augen zu einer schnurgeraden Linie.

»Wer, zum Teufel, ist Captain Bryceland? Hören Sie, ich habe den Colonel, den Kommandanten, verlangt, und ich muß ihn sprechen. Auf der Stelle! Sofort! Haben Sie verstanden?«

»Vielleicht kann ich Ihnen irgendwie behilflich sein?« Hinter dem Sergeanten war ein anderer Mann in der Tür erschienen.

»Bryceland?«

Der junge Offizier nickte wortlos.

»Sicher können Sie mir behilflich sein«, sagte Farnholme. »Führen Sie mich zu Ihrem Colonel — und zwar sofort.«

»Nicht zu machen.« Bryceland schüttelte den Kopf. »Er schläft. Der erste Schlaf seit drei Tagen und drei Nächten — und Gott allein weiß, daß wir morgen...«

»Ich weiß es auch«, unterbrach Farnholme den Offizier. »Trotzdem, Singapur bedeutet gar nichts — verglichen mit meiner Angelegenheit.« Er langte unter das Hemd und hielt plötzlich eine schwere Pistole in der Hand. »Sollte ich ihn selbst suchen müssen, werde ich das da benutzen und ihn finden. Ich denke, es wird nicht nötig sein. Sagen Sie Ihrem Colonel, Brigadegeneral Farnholme sei da. Er wird kommen!«

Bryceland sah ihn eine Weile zögernd an, dann entfernte er sich wortlos. Innerhalb von drei Minuten war er zurück und trat an der Tür beiseite, um dem Colonel den Vortritt zu lassen.

Der Colonel war, nach Farnholmes Schätzung, ein Mann von Vierzig — höchstens Fünfzig. Er sah aus wie Siebzig. Es fiel ihm schwer, die Augen offenzuhalten. Aber er zwang sich ein Lächeln ab.

»Guten Abend, Sir«, sagte er.

»'n Abend, Colonel. Sie kennen mich also?«

»Ich weiß, wer Sie sind.«

»Gut, das spart uns eine Menge von Erklärungen. Und für Erklärungen habe ich keine Zeit.« Er wandte sich halb zur Seite, als die Detonation einer ganz in der Nähe einschlagenden Granate den Raum erzittern ließ. Dann sagte er sehr ruhig: »Ich brauche eine Maschine, die mich aus Singapur hinausfliegt, Colonel. Es ist mir einerlei, wohin die Maschine fliegt — nach Burma, Indien, Ceylon, Australien — das ist mir alles einerlei. Ich möchte eine Maschine haben, und zwar sofort.«

»So eine Maschine möchten wir alle haben«, sagte der Colonel tonlos, mit hölzerner Stimme. »Die letzte Maschine ist längst fort...«

Farnholme starrte auf den Koffer, der neben ihm stand. »Kann ich Sie allein sprechen, Colonel?« fragte er dann.

»Natürlich.« Der Colonel wartete, bis sich die Tür hinter Bryceland und dem Sergeanten geschlossen hatte. »Die letzte Maschine ist trotzdem fort, es tut mir leid, Sir«, sagte er dann mit einem leisen Lächeln.

Farnholme begann sein Hemd aufzuknöpfen. »Sie wissen, wer ich bin, Colonel? Ich meine, Sie wissen etwas mehr als nur meinen Namen?«

Zum erstenmal betrachtete der Colonel seinen Besucher mit unverhohlener Neugier. »Ich weiß es — und man vermutete seit drei Tagen, Sie könnten hier in der Nähe sein. Und ich weiß, daß Brigadegeneral Farnholme seit siebzehn Jahren Chef der Abwehr in Südostasien ist.«

Farnholme hatte sein Hemd aufgeknöpft und schnallte einen breiten, mit Gummi überzogenen Gürtel los, den er um die Taille trug. Er öffnete zwei der an dem Gürtel befindlichen Taschen und legte ihren Inhalt auf den Tisch.

»Sehen Sie doch mal, ob Sie daraus schlau werden, Colonel!«

Der Colonel sah auf die Fotokopien und Filmrollen, die auf dem Tisch lagen. Er setzte eine Brille auf, holte eine Taschenlampe aus der Hosentasche und saß drei Minuten da, ohne den Blick zu heben oder ein Wort zu sagen. Von draußen kam in Abständen das Krachen krepierender Granaten. Farnholme, einen neuen Stumpen im Mund, hatte sich in dem bequemen Lehnstuhl ausgestreckt und schien völlig gleichgültig.

Nach einer Weile begann der Colonel sich zu bewegen und sah Farnholme an. Die Hände, in denen er die Fotokopien hielt, zitterten. Seine Stimme war unsicher: »Ich brauche kein Japanisch, um zu sehen, was das ist. Mein Gott, wo haben Sie denn das erwischt?«

»In Borneo. Zwei unserer besten Leute und zwei Holländer sind dabei draufgegangen. Ist aber jetzt völlig unwichtig.

Wichtig ist einzig und allein, daß ich das Zeug habe, und daß die Japaner es nicht wissen.«

Der Colonel schien nichts gehört zu haben. »Das ist phantastisch«, murmelte er, »das ist ja phantastisch. Das ganze nördliche Australien — die japanischen Pläne für eine Invasion!«

»Vollständig — die vorgesehenen Häfen und Flugplätze, die Zeiten, bis auf die Minute genau, die Streitkräfte — bis auf das letzte Infanteriebataillon«, sagte Farnholme ganz ruhig.

Der Colonel runzelte die Stirn. »Aber da ist eine Sache, die...«

»Ich weiß«, unterbrach ihn Farnholme, »wir haben den Schlüssel nicht. Und die Geheimkodes der Japaner sind nicht zu entschlüsseln, nicht einer. Niemand kann das, das heißt mit Ausnahme eines kleinen, alten Mannes in London. Er sieht aus, als könne er seinen Namen nicht schreiben.«

Der Colonel starrte Farnholme an. »Diese... diese Dokumente sind unbezahlbar, Sir. Aller Reichtum der Erde ist nichts, verglichen mit diesem hier. Das bedeutet Leben oder Tod, Sieg oder Niederlage. Unsere Leuten müssen das... sie müssen das unbedingt in London in die Hand bekommen...«

»Ganz meine Meinung«, sagte Farnholme. Er griff nach den Filmen und Fotokopien und verstaute sie wieder sorgfältig in den Taschen des wasserdichten Gürtels. »Vielleicht verstehen Sie jetzt allmählich, weshalb ich so erpicht darauf bin, 'rauszukommen aus Singapur.«

Der Colonel nickte müde, sagte jedoch nichts.

»Wenn kein Flugzeug, auch kein U-Boot?« fragte Farnholme.

»Nein.«

Farnholme machte schmale Lippen. »Zerstörer, Fregatte, sonst ein Marinefahrzeug?«

»Nein.« Und nach einer Pause: »Und selbst wenn, Sie kämen keine hundert Meilen weit. Ringsum wimmelt es von japanischen Flugzeugen.«

»Keine freundliche Wahl: Meeresgrund oder japanisches Gefangenenlager.«

»Warum, zum Teufel, sind Sie überhaupt hergekommen«, fragte der Colonel mit bitterer Stimme, »ausgerechnet nach Singapur, ausgerechnet jetzt? Wie in aller Welt sind Sie überhaupt noch bis Singapur gekommen?«

»Per Schiff von Borneo«, sagte Farnholme. »Mit der ›Kerry Dancer‹. Ein schwimmender Sarg sozusagen. Der Kapitän ist eine aalglatte, verdächtige Type mit Namen Siran. Möchte schwören, daß er ein abtrünniger Engländer ist, der es mit den Japanern hält. Wieviel Zeit haben wir noch, Colonel?«

»Wir kapitulieren morgen.«

»Morgen?« Farnholme stand auf, stieß wütend die Luft aus. »Nun gut, dann hilft es eben nichts. Also zurück auf die alte ›Kerry Dancer‹. Gott schütze Australien!«

»Zurück auf die ›Kerry Dancer‹?« fragte der Colonel. »Sie wird eine Stunde nach Sonnenaufgang auf dem Meeresgrund liegen. Ich sagte Ihnen doch, es wimmelt hier von japanischen Flugzeugen!«

»Haben Sie einen besseren Vorschlag?«

»Ich weiß, ich weiß. Doch selbst, wenn Sie Glück haben sollten, wer garantiert Ihnen, daß der Kapitän dorthin fährt, wohin Sie wollen?«

»Keiner«, gab Farnholme zu. »Aber ich habe einen sehr brauchbaren Mann an Bord, einen Holländer, van Effen. Ihm oder mir – oder ihm und mir wird es schon gelingen.«

»Und wenn der Kapitän mit der ›Kerry Dancer‹ inzwischen aus Singapur wieder ausgelaufen ist? Haben Sie eine Garantie, daß der Kapitän auf Sie gewartet hat?«

Farnholme klopfte auf den schäbigen Koffer, der neben seinem Stuhl stand. »Das ist meine Garantie – ich hoffe es jedenfalls. Siran, der Kapitän, glaubt, der Koffer sei vollgestopft mit Diamanten ... Ich habe ihn mit einigen Diamanten geschmiert, damit er überhaupt hierher fuhr ... Genauso lange, wie er hofft, mir den Koffer mit den Diamanten abnehmen zu können, wird er an mir hängen wie ein Blutsbruder.«

»Und der Kapitän Siran hat keine Ahnung, wer Sie wirklich sind?«

»Ausgeschlossen. Er hält mich für einen versoffenen alten Gauner, der mit Reichtümern finsterer Herkunft abhauen möchte.«

»Hoffentlich. Aber damit Sie sich nicht nur auf sich selbst und auf ...«

»Den Holländer van Effen ...«, ergänzte Farnholme.

»... und den Holländer van Effen verlassen müssen, werde ich einen Offizier und zwei Dutzend Mann von einem Hochland-Regiment abkommandieren, um Sie auf der ›Kerry Dancer‹ zu begleiten.«

»Bin Ihnen verdammt dankbar, Colonel. Das wird eine große Hilfe sein.« Farnholme knöpfte das Hemd wieder zu. Er nahm seinen Koffer und streckte die Hand aus. »Besten Dank für alles, Colonel. Klingt komisch, wenn man daran denkt, daß Sie ein japanisches Gefangenenlager erwartet – trotzdem: alles Gute!«

»Danke, Sir. Und Ihnen viel Glück – Sie werden es, weiß Gott, nötig haben.«

Er warf einen Blick dorthin, wo unter dem Hemd der Gürtel mit den Fotokopien war.

»Vielleicht kommen Sie trotzdem durch – nach London«, sagte er abschließend mit düsterer Stimme.

Als Farnholme in die Nacht hinaustrat, waren der Offizier und die vierundzwanzig Mann des Hochland-Regiments schon angetreten. In der Luft lag ein seltsames Gemisch von Pulverdampf, Tod und Fäulnis. Das Granatfeuer hatte aufgehört. Vermutlich hielten es die Japaner für sinnlos, in einer Stadt, die ihnen bei Sonnenaufgang ohnedies in die Hände fallen würde, noch allzu großen Schaden anzurichten.

Farnholme und seine Eskorte schritten in dem jetzt einsetzenden Regen durch die leeren Straßen Singapurs. Nach wenigen Minuten waren sie am Hafen. Die leichte östliche Brise verwehte den Rauch, und im nächsten Augenblick machte Farnholme eine Entdeckung, die ihn veranlaßte, den Griff seines Koffers fester zu umklammern: das kleine Beiboot der ›Kerry Dancer‹, das an der Kaimauer angelegt hatte, als er zur Kommandantur gegangen war, war fort. Eine böse Ahnung stieg in ihm auf. Er hob den Kopf und starrte nach draußen. Doch es war nichts zu sehen.

Die ›Kerry Dancer‹ war verschwunden, als ob es sie nie gegeben hätte. Nur der Regen fiel. Und ein leichter Wind wehte durch die Uferstraßen. Von links hörte Farnholme das leise, herzzerreißende Schluchzen eines kleinen Jungen, der in der Dunkelheit weinte.

»Das Schiff, Sir, ist fort«, sagte der Offizier, der das Kommando über die vierundzwanzig Soldaten des Hochland-Regiments hatte. Er hieß Leutnant Parker.

Farnholme spielte den Überraschten. »Tatsächlich?« sagte

er. Er rieb sich das Kinn. »Hören Sie das Kind weinen?« fragte er plötzlich.

»Jawohl, Sir.«

»Schicken Sie einen Soldaten in die Richtung. Er soll das Kind herbringen.«

»Aber...«, begann Leutnant Parker. Doch er verstummte vor den kalten, unbeweglichen Augen Farnholmes.

»Und dann schicken Sie ein paar Mann nach beiden Seiten am Kai entlang. Sie sollen alle Leute, die sie treffen, hierherbringen. Vielleicht können sie uns irgendeine Aufklärung über das verschwundene Schiff geben.«

Farnholme schlenderte einige Meter weiter ins Dunkle. Leutnant Parker war innerhalb einer Minute wieder bei ihm. Farnholme brannte sich einen neuen Stumpen an, musterte den jungen Offizier und fragte unvermittelt: »Wissen Sie, wer ich bin?«

»Nein, Sir.«

»Brigadegeneral Farnholme. Und nachdem Sie es nun wissen, vergessen Sie es wieder. Sie haben meinen Namen nie gehört, verstanden?«

»Ja, Sir.«

»Und reden Sie mich von jetzt an nicht mehr mit ›Sir‹ an. Von nun an bin ich für Sie ein älterer, versoffener Tramp, den man nicht ganz für voll nimmt. Sie haben mich getroffen, wie ich in den Straßen umherirrte und nach irgendeiner Fahrgelegenheit aus Singapur heraus suchte. Übrigens: unser Reiseziel ist Australien, selbst wenn wir mit einem Ruderboot fahren müßten.« Er brach ab und sah sich um. Aus der Richtung der Kalangbucht kam das Geräusch von Schritten: der abgemessene Gleichschritt von Soldaten und das rasche, ungleichmäßige Geklapper weiblicher Absätze.

Parker starrte die Ankömmlinge an, die aus der Dunkelheit auftauchten, dann wandte er sich an den Soldaten, der sie hergeführt hatte. »Was sind das für Leute?«

»Krankenschwestern, Sir. Wir trafen sie, wie sie am Hafen entlangirrten.«

Parker sah das hochgewachsene Mädchen an, das ihm am nächsten stand. Das dichte, blauschwarze Haar fiel in nassen Strähnen in ihr Gesicht. »Was, zum Teufel, soll das heißen, daß ihr mitten in der Nacht in Singapur herumlauft?« brummte er.

»Wir sollten das Gelände am Hafen nach Verwundeten absuchen, Sir«, antwortete das hochgewachsene Mädchen, das sich immer wieder das Haar aus der Stirne zu streichen versuchte.

»Wer sind die vier andern?«

»Auch Krankenschwestern, zwei Malaiinnen und zwei Chinesinnen, Sir.«

»Wie heißen Sie?«

»Drachmann.«

Die Stimme des Leutnants wurde jetzt um einen Grad weniger dienstlich. Er konnte sehen, daß die Mädchen sehr müde waren und im Regen vor Kälte zitterten. »Miß Drachmann, haben Sie irgend etwas von einem kleinen Motorboot gehört oder von einem Küstendampfer ... irgendwo hier ... in der Nähe des Hafens ...?« fragte er.

»Draußen auf der Reede liegt ein Schiff vor Anker, Sir!« sagte Miß Drachmann.

»Was?« Farnholme kam einen Schritt nach vorn und faßte das Mädchen an der Schulter. »Da draußen liegt ein Schiff? Sind Sie sicher?«

»Natürlich bin ich sicher«, sagte das Mädchen. »Ich hörte, wie es Anker warf, vor vielleicht zehn Minuten.«

»Wieso wissen Sie das so genau?« fragte Farnholme. »Vielleicht hat das Schiff auch die Anker gelichtet und ...«

Das Mädchen schüttelte die Hand Farnholmes von ihrer Schulter ab. »Hören Sie mal, Sir, ich bin zwar müde und sehe verdreckt aus. Aber ich leide nicht an Halluzinationen. Ich weiß, was ich sehe und was ich nicht sehe.«

»Und wo liegt dieses ... dieses Schiff vor Anker?«

»Nur etwa eine Meile von hier — gleich hinter Malay-Point, Sir. Und auf der Kaimauer liegen verwundete englische Soldaten, wir wußten nicht, wohin mit ihnen. Haben sie nur notdürftig verbinden können, Sir.«

Sie stapften durch die Nacht am Kai entlang, dem Malay-Point zu. Das Gewehrfeuer am Rande der Stadt hatte nachgelassen. Die Stille vor dem Sturm. Nach etwa zehn Minuten sagte Miß Drachmann: »Hier, Sir, hier ungefähr habe ich es gehört.«

»Aus welcher Richtung?« fragte Farnholme. Er sah dorthin, wohin die Hand des Mädchens zeigte. Aber es lag Rauch über dem Wasser. Man konnte nichts sehen.

Parker trat dicht hinter Farnholme. »Blinken?« flüsterte er ihm zu.

Einen Augenblick lang war Farnholme unschlüssig. Doch nur einen Augenblick. Sie hatten nichts mehr zu verlieren. Dunkel hoben sich vom Pflaster die Schatten der Verwundeten ab, ihr Stöhnen drang durch die Finsternis. Ein kleines Kind irrte zwischen ihnen herum und weinte. »Verstehen Sie etwas von Kindern, Miß Drachmann?« fragte Farnholme. Und als das Mädchen nickte, fuhr er fort: »Dann kümmern Sie sich um dieses weinende Etwas!«

Fünf Minuten vergingen, zehn Minuten. Die Taschenlampe eines Sergeanten gab Blinkzeichen, an — aus, an — aus. Keine Antwort kam. Und wieder vergingen fünf Minuten, Minuten, in denen aus dem sanften Regen ein Wolkenbruch wurde, bis sich endlich Leutnant Parker räusperte.

»Ich höre was 'rankommen«, sagte er wie beiläufig.

»Was denn? Wo denn?« fragte Farnholme leise.

»Irgendein Ruderboot. Ich höre die Riemen. Kommt genau auf uns zu, scheint mir.«

Bald konnte es jeder hören, das Ächzen der Riemen, die sich knirschend in den Dollen drehten. »Was soll aus den andern werden — den Verwundeten, den Krankenschwestern?« fragte Parker leise.

»Sollen mitkommen, wenn sie wollen«, antwortete Farnholme. »Aber unsere Aussichten sind gering, machen Sie das allen klar, Parker. Sagen Sie allen, sie sollen das Maul halten und von der Kaimauer zurückgehen. Ganz gleich, wer da ankommt — aber es muß ja das Beiboot der ›Kerry Dancer‹ sein. Sobald Sie das Boot an der Kaimauer scheuern hören, kommen Sie nach vorn und übernehmen das Kommando!«

Parker wollte noch etwas antworten, doch Farnholme bedeutete ihm durch eine Geste, zu schweigen. Er nahm einem Sergeanten die Taschenlampe aus der Hand und ging vor an den Rand der Kaimauer. In dem Lichtkegel, den die Lampe auf das Wasser warf, war das Boot jetzt als undeutlicher Umriß zu erkennen, knapp hundert Meter noch vom Kai entfernt. Farnholme konnte sehen, wie jetzt ein Mann, der hinten im Heck stand, ein Kommando gab. Die Matrosen tauchten die Riemen ein und hielten kräftig gegen, bis das Boot zum Halten kam. Lautlos und regungslos lag es da, ein verschwommener Schatten in der Dunkelheit.

»Seid Ihr von der ›Kerry Dancer‹?« rief Farnholme.

»Ja.« Deutlich drang eine tiefe Stimme durch den fallenden Regen. »Wer da?«

»Farnholme — wer denn sonst?« Er hörte, wie der Mann im Heck ein neues Kommando gab und die Matrosen sich wieder in die Riemen legten.

»Van Effen?«

»Ja, van Effen!«

»Mann, van Effen, Gott sei Dank!« Die Wärme in Farnholmes Stimme war echt. Das Boot war inzwischen auf fünf Meter herangekommen.

»Was war denn los, van Effen?«

»Nichts Besonderes.« Der Holländer sprach ein perfektes Umgangsenglisch, mit einer kaum hörbaren Spur von Akzent. »Unser ehrenwerter Kapitän hatte beschlossen, nicht auf Sie zu warten. Er war schon abgefahren, als ich ihn doch überreden konnte, es sich noch einmal anders zu überlegen.«

»Aber wie wollen Sie wissen, daß die ›Kerry Dancer‹ nicht doch losfährt, ehe Sie wieder an Bord sind? Mein Gott, van Effen, Sie hätten an Bord bleiben sollen. Diesem Schurken von Kapitän ist nicht von Zwölf bis Mittag zu trauen.«

»Ich weiß.« Van Effen, die Hand an der Ruderpinne, steuerte das Boot an die Kaimauer heran. »Sollte die ›Kerry Dancer‹ abfahren, dann ohne ihren Kapitän. Der sitzt nämlich hier unten im Boot, die Hände auf dem Rücken gebunden und meine Pistole im Genick. Ich schätze, Kapitän Siran ist nicht sonderlich glücklich darüber.«

Farnholme leuchtete mit der Taschenlampe nach unten, der Lichtkegel fiel auf das Gesicht des Kapitäns. Es war glatt, braun und ausdruckslos wie immer.

»Um ganz sicherzugehen«, fuhr van Effen fort, »habe ich die beiden Maschinisten gefesselt in der Kabine von Miß Plenderleith, unserer alten Dame an Bord, untergebracht.«

»Großartig, Sie denken wirklich an alles«, sagte Farnholme anerkennend, »wenn nur nicht...«

»Schon gut. Machen Sie Platz, Farnholme«, sagte Parker, der plötzlich aus dem Dunkel aufgetaucht war und den hellen Strahl seiner Lampe ins Boot und auf die Gesichter der Männer im Boot richtete. In diesem Augenblick hob van Effen die Hand mit der Pistole.

»Lassen Sie den Unsinn!« sagte Parker scharf. »Stecken Sie

das Ding weg! Wir haben hier ein Dutzend Gewehre und Maschinengewehre!«

Langsam ließ van Effen die Hand mit der Pistole sinken. »Wußte nicht, daß Sie den Mann kennen, Farnholme«, sagte van Effen, der blitzschnell reagiert hatte, als er merkte, daß Farnholme nicht allein war.

»Ja, britische Soldaten, unsere Freunde, van Effen«, sagte Farnholme.

Parker sah hinunter auf das Boot, hinab auf van Effen. »Ist ja ein Motorboot. Warum haben Sie dann rudern lassen?«

»Ist doch klar«, lächelte van Effen, »es hätten ja schon Japaner auf der Kaimauer sein können. Und denen wollte ich ebensowenig in die Hände fallen wie Farnholme oder Sie.«

Er drehte das Gesicht ab, so daß niemand sehen konnte, welche Verbitterung und Enttäuschung um seinen Mund lag. Er hatte nur mit Farnholme gerechnet, mit Farnholme ganz allein, aber nicht mit den englischen Soldaten. Scheinbar gleichgültig bückte er sich, drückte dem Kapitän Siran die Pistole in die Rippen und gab ihm den Befehl, den Motor anzulassen.

Eine halbe Stunde später waren alle Verwundeten, die englischen Soldaten und auch Miß Drachmann mit einem weinenden Jungen auf dem Arm an Bord der ›Kerry Dancer‹. Die anderen Krankenschwestern, Malaiinnen und Chinesinnen, waren an Land zurückgeblieben.

Es war kurz vor halb drei Uhr morgens, als die ›Kerry Dancer‹ auf der Reede vor Singapur die Anker lichtete. Vier Stunden später fiel Singapur in die Hände der Japaner.

Farnholme war in dem tristen, dunstigen Achterdeck der ›Kerry Dancer‹ damit beschäftigt, Miß Drachmann und Miß Plenderleith, der alten Dame, beim Verbinden und Versorgen der Verwundeten zu helfen. Manchmal wechselte er mit Miß Plenderleith einen schnellen Blick, dann schienen beide zu lächeln, um in der nächsten Sekunde wie Fremde nebeneinander weiterzuarbeiten.

Van Effen lag an Deck, unter einem Rettungsboot, direkt neben dem Ruderhaus und keine zwei Meter von der Funkkabine entfernt. Als er Leutnant Parker die Stufen zum Achterdeck hinuntergehen sah, huschte er in die Funkkabine.

Der Funker, Willie Loon, machte Platz für van Effen. Er spähte durch das Bullauge nach draußen. Zwei Minuten später, als niemand an Deck den Ausgang der Funkkabine beobachten konnte, huschte van Effen wieder heraus. Seinem Gesicht war nichts anzumerken. Gleichgültig suchte er seinen Platz unter dem Rettungsboot wieder auf.

Farnholme hörte ein Klopfen an der Tür. Er machte das Licht aus, ging auf den Gang und sah schattenhaft eine Gestalt.

»Leutnant Parker?«

»Ja.« Parker deutete in der Dunkelheit nach oben. »Vielleicht gehen wir besser ans Oberdeck. Dort können wir reden, ohne daß uns jemand hört.«

Gemeinsam kletterten sie die eiserne Leiter hoch und gingen nach achter an die Reling. Der Regen hatte aufgehört, die See war ruhig. Farnholme beugte sich über die Reling, starrte nach unten auf die phosphoreszierenden Wirbel im weißlich schäumenden Kielwasser der ›Kerry Dancer‹ und zog eine Whiskyflasche aus der Tasche. Er mußte den Ruf wahren, den er an Bord der ›Kerry Dancer‹ hatte: den Ruf eines versoffenen alten Tramps. Er setzte die Flasche an den Mund und verschüttete absichtlich etwas Whisky über sein Hemd.

»Alles klar an Bord?« fragte Farnholme.

»Ja. Der Kapitän wird keine Schwierigkeiten machen. Es geht für ihn genauso um Kopf und Kragen wie für uns. Darüber ist er sich wohl vollkommen klar. Es ist wenig wahrscheinlich, daß die Bombe oder das Torpedo, die uns erwischen, nicht auch ihn treffen sollten. Einer meiner Männer hat Auftrag, auf ihn aufzupassen. Ein anderer bewacht den Rudergänger, ein dritter hält ein Auge auf den diensthabenden Maschinisten.«

»Sehr gut.« Farnholme nickte zustimmend. »Im übrigen — nehmen Sie keine Notiz von mir, soweit das möglich ist. Sie könnten übrigens etwas für mich erledigen. Sie kennen die Funkbude?«

»Ich habe sie gesehen, hinter dem Ruderhaus.«

»Den Funker, Willie Loon oder so ähnlich, halte ich für einen anständigen Burschen. Der Himmel mag wissen, was er an Bord dieses schwimmenden Sargs verloren hat. Ich möchte mich aber lieber nicht selber mit ihm in Verbindung setzen. Fragen Sie ihn doch mal, wie groß der Sendebereich seines Geräts ist, und lassen Sie es mich vor Tagesanbruch wissen. Vermutlich werde ich etwa um diese Zeit einen Funkspruch loslassen müssen.«

»Jawohl, Sir. Ich werde gleich hingehen. Gute Nacht, Sir.«
»Gute Nacht, Leutnant.«

Farnholme blieb noch ein paar Minuten an der Reling stehen, dann drehte er sich um und ging nach unten.

In der Funkkabine erfuhr Leutnant Parker von dem Funker Willie Loon, daß die Reichweite seines Senders knapp fünfhundert Meilen betrage. Er lächelte, während er es dem Leutnant sagte. Parker dankte ihm für die Auskunft. Auf dem Weg zur Tür sah er auf dem Tisch neben dem Funkgerät eine runde, mit Zuckerguß überzogene Torte, die offenbar nicht von einem Fachmann gebacken war.

»Was hat das zu bedeuten?« fragte er.

»Das ist eine Geburtstagstorte. Hat meine Frau gemacht. Schon vor zwei Monaten, um sicher zu sein, daß ich sie rechtzeitig habe. Das da ist ihr Bild.«

»Und wann haben Sie Geburtstag?«

»Heute. Deshalb habe ich die Torte hingestellt. Ich werde heute vierundzwanzig.«

»Na, dann alles Gute«, sagte Parker, wandte sich um, stieg über die Sturmleiste und machte die Tür leise hinter sich zu. Van Effen, der unter dem Rettungsboot lag, sah er nicht.

Willie Loon starb an seinem vierundzwanzigsten Geburtstag, am hohen Mittag, während das harte Licht der Sonne des Äquators sengend durch das vergitterte Oberlicht über seinem Kopf hereinschien.

Doch Willie Loon sah die Sonne nicht mehr, auch nicht die Torte, nicht das Bild seiner Frau, nicht die Kerze, die vor dem Bild flackerte; denn er war blind. Ein furchtbarer Hammerschlag hatte ihn am Hinterkopf getroffen. Aber noch war eine winzige Spur von Leben in ihm. Und auf der Funkerschule hatte er gelernt, daß man erst dann ein richtiger Funker ist, wenn man in der schwärzesten Finsternis genauso gut funken kann wie am hellichten Tag. Und außerdem hatte er gelernt, daß ein Funker bis zuletzt auf seinem Posten bleiben muß, daß er erst zusammen mit seinem Kapitän von Bord zu gehen hat.

Deshalb ging Willie Loons Hand auf und ab, bewegte die Taste, um wieder und wieder den gleichen Funkspruch zu senden:

»SOS, feindlicher Luftangriff, 0.45 Nord, 104.24 Ost, Schiff brennt — SOS, feindlicher Luftangriff, 0.45 Nord, 104.24 Ost, Schiff brennt — SOS . . .«

Einen Augenblick lang, nur für einen kurzen Augenblick, kehrte ihm das Bewußtsein zurück. Seine rechte Hand war von der Taste herabgerutscht. Er war sich klar darüber, wie ungeheuer wichtig es war, daß er die Hand wieder auf die Taste hob. Doch in seinem rechten Arm schien keine Kraft mehr zu sein. Er schob die linke Hand hinüber, ergriff das rechte Handgelenk und versuchte, die Hand zu heben. Doch sie war viel zu schwer, sie war so unbeweglich, als wäre sie am Tisch angenagelt.

Dann sank er stumm, ohne Seufzer, vornüber auf den Tisch. Der Kopf fiel auf seine verschränkten Hände, sein linker Ellbogen drückte den Rand der Torte platt, daß die Kerze sich neigte, bis sie fast waagerecht stand. Nach einer Weile begann die Kerze zu flackern, sie beleuchtete die drei kleinen, rotumränderten Löcher im Hinterkopf von Willie Loon. Sie flammte noch einmal hell auf — und verlosch, sie verlosch wie in dieser Sekunde das Leben Willie Loons, des Funkers auf der brennenden ›Kerry Dancer‹.

Weit im Süden stampfte die ›Viroma‹, ein 12 000-Tonnen-Motorschiff der Britisch-Arabischen Tanker-Reederei, durch die stürmische See. Sie hatte zehntausendvierhundert Tonnen Dieselöl geladen und hochexplosives Flugzeugbenzin. In einer Ecke des Ruderhauses auf der Kommandobrücke der ›Viroma‹ saß Kapitän Francis Findhorn. Er nahm die weiße Mütze mit der Goldlitze ab und fuhr sich mit dem Taschtuch über das dunkle, schon gelichtete Haar. Neben ihm stand John Nicolson, sein Erster Offizier, eine Hüne von Gestalt, mit hellen Haaren und tiefgebräunter Haut.

Das Telefon im Ruderhaus schrillte. Nicolson nahm den Hörer ab. »Hier Brücke. Was gibt's?«

Sekunden später sah Nicolson den Kapitän an. »Wieder ein SOS«, sagte er schnell. »Irgendwo nördlich von uns.«

Schweigen. Nicolson hatte den Hörer am Ohr, dann hängte er ihn langsam ein. Er wandte sich zum Kapitän:

»Fliegerangriff, Schiff in Brand, möglicherweise sinkend«, sagte er kurz. »Position 0.45 Nord, 104.24 Ost. Das wäre also die südliche Einfahrt zum Rhio-Kanal. Name des Fahrzeugs zweifelhaft. Der Funker sagt, der Spruch sei zunächst sehr schnell und deutlich gekommen, dann rasch schlechter geworden und schließlich nur noch Unsinn gewesen. Er nimmt an, daß der Funker schwer verletzt war und zum Schluß über seinem Tisch und der Morsetaste zusammengebrochen ist; denn als letztes kam ein Dauerzeichen. Es kommt auch jetzt noch. Der Name des Schiffes war so ähnlich wie ›Kenny Danke‹.«

»Nie gehört«, murmelte der Kapitän. »Sehen Sie doch mal im Register nach. Unter K.«

Nicolson schien zu überlegen, seine blauen Augen hatten einen abwesenden Ausdruck. Er griff zum Register und sagte: »Ich werde mal unter ›Kerry Dancer‹ nachsehen. So 'n Schiff gibt es, glaube ich, in dieser verdammten Gegend.«

Er strich eine Seite des Schiffsverzeichnisses glatt. »Ja, habe mich nicht getäuscht: ›Kerry Dancer‹, 540 Tonnen, gebaut 1922. Reederei ist die Sulamaiya Trading Company...«

»Kenne ich«, unterbrach ihn Kapitän Findhorn. »Eine arabische Firma, mit chinesischem Kapital im Hintergrund. Reederei hat nicht den besten Ruf. Transportiert Schußwaffen, Opium, Perlen, Diamanten — und das wenigste davon legaler Herkunft.«

»SOS bleibt SOS, Käpt'n«, sagte Nicolson.

»Unser Kurs ist 130 und wir halten ihn!« befahl der Kapitän.

»SOS bleibt SOS, Käpt'n«, wiederholte Nicolson noch einmla. »Außerdem, wer sagt Ihnen, daß die ›Kerry Dancer‹ noch immer ein ... ein Piratenschiff ist? Könnte auch requiriert sein und — zum Beispiel — Verwundete aus Singapur herausbringen, im letzten Augenblick, ehe sich die Japaner über die Stadt hermachen. Könnte doch sein, Käpt'n? Oder?«

Findhorn schwieg. Er brannte sich, unter Mißachtung der von der Reederei und von ihm selber erlassenen Vorschriften, eine Zigarette an. Kühl sagte er: »Und wenn das SOS eine Falle ist, in die wir hineintappen sollen? Es ist Krieg. Die Japaner würden sich die Hände reiben, unser Öl und unser hochexplosives Flugzeugbenzin zu kapern.«

»Das SOS hat noch keiner mißbraucht, Käpt'n, nicht einmal die Piraten dieser Gegend — und auch die Japaner noch nicht.«

Findhorn unterdrückte einen Fluch. Einen Fluch auf die Zeit, auf Nicolson, auf sein Leben. Sein Leben war ihm ohnehin egal. Der Bungalow am Rande von Singapur ausgebombt von Japanern, die beiden Söhne als Flieger der RAF tot, abgeschossen, der eine über Flandern, der andere über dem Kanal. Die Frau, seine Frau Ellen bei der Geburt des zweiten Sohnes gestorben. Herzinsuffizienz, hatte der Arzt festgestellt. Ein medizinischer Ausdruck, der ziemlich genau dasselbe besagte wie: gebrochenes Herz.

Er sah Nicolson an, den besten Offizier, mit dem er es in dreißig Jahren als Kapitän zu tun gehabt hatte. Demnächst würde auch dieser Nicolson Kapitän sein, wenn er davonkam, wenn er mit dem Tanker nicht in die Luft flog. Und er wußte, daß ihm dieser Nicolson näher stand als jeder andere Mensch auf der Welt. Ihre beiden Frauen hatten in Singapur gelebt. Beide waren innerhalb der gleichen Woche gestorben, knapp hundert Meter voneinander entfernt. Missis Findhorn zu Hause, vor Gram. Missis Nicolson bei einem Autounglück, als Opfer eines betrunkenen Wahnsinnigen, der selbst ohne jede Schramme davongekommen war.

»Also gut, hol Sie der Teufel!« sagte Findhorn gereizt. »Zwei Stunden haben Sie Zeit, um Kurs auf die ›Kerry Dancer‹ zu nehmen. Dann kehren wir um.«

Er sah auf seine Uhr. »Es ist jetzt genau sechs Uhr fünfundzwanzig. Ich gebe Ihnen Zeit bis acht Uhr dreißig.«

Er sprach kurz mit dem Rudergänger. Die ›Viroma‹ drehte bei. Der Regen war kein Regen mehr, sondern eine Sintflut, die waagrecht herantrieb, eiskalt und schneidend scharf. Das Geräusch des Windes in der Takelage war kein Wimmern mehr, sondern ein lautes Heulen in allen Tonlagen, das in den Ohren weh tat. Die ›Viroma‹ war auf dem Weg in das Zentrum eines Taifuns.

Sie fanden die ›Kerry Dancer‹ um acht Uhr siebenundzwanzig, drei Minuten vor Ablauf der gesetzten Frist. Sie fanden sie, weil Nicolsons Schätzung unheimlich genau zutraf. Sie fanden sie, weil ein langer Blitz das düstere Wrack für einen kurzen Augenblick so hell beleuchtete wie die Mittagssonne. Doch sie hätten die ›Kerry Dance‹ nie gefunden, wäre nicht der Taifun abgeflaut zu einem kaum spürbaren Lüftchen, hätte nicht der peitschende Regen, der jede Sicht nahm, so plötzlich aufgehört, als habe jemand am Himmel einen riesigen Hahn zugedreht.

Falls auf der ›Kerry Dancer‹ noch jemand am Leben war, konnten die Bedingungen für die Bergung nicht günstiger sein als jetzt.

Falls noch jemand am Leben war...

Nach allem aber, was sie im Licht ihrer Scheinwerfer und der Signallampe an der Steuerbordseite sehen konnten, als sie langsam auf das Schiff zuliefen, schien das wenig wahrscheinlich. Mehr noch, es schien unmöglich.

Finster und schweigend starrte Kapitän Findhorn hinüber, dorthin, wo die ›Kerry Dancer‹, halb schon versunken, im Lichtkegel der Scheinwerfer lag. Tot, dachte er bei sich, wenn es jemals ein totes Schiff gegeben hat — so die ›Kerry Dancer‹.

»Ja, Johnny, da liegt sie nun«, sagte er leise, und er redete seinen Ersten Offizier Nicolson mit dem Vornamen an, was er nur sehr selten tat. »Da liegt sie, auserkoren dazu, heimzukehren in das Sargasso-Meer, wo alle toten Schiffe sind. War eine nette Fahrt. Und nun wollen wir umkehren.«

»Ja, Sir.« Nicolson schien ihn nicht gehört zu haben. »Bitte um Erlaubnis, mit einem Boot 'ranzufahren, Sir!«

»Nein.« Findhorns Ablehnung kam ohne Erregung, aber mit Nachdruck. »Wir haben alles gesehen, was wir sehen wollten.«

»Wir sind einen weiten Weg gefahren, um es zu sehen. Ich schlage vor: Vannier, der Bootsmann, Ferris, ich selbst und noch ein paar. Wir würden es schaffen.«

»Vielleicht. Aber vielleicht auch nicht. Ich habe jedoch nicht die Absicht, auch nur ein einziges Leben aufs Spiel zu setzen, um das festzustellen.«

Nicolson sagte nichts. Mehrere Sekunden verstrichen, dann wandte sich Findholm ihm zu, und in seiner Stimme war jetzt ein leiser Unterton gereizter Schärfe: »Verdammt noch mal, Mann, da lebt doch kein Schwanz mehr, sehen Sie das denn nicht? Beharkt und ausgebrannt, daß sie aussieht wie ein Sieb. Sollten tatsächlich noch Überlebende an Bord sein, dann müßten sie doch unser Licht sehen, unsere Scheinwerfer. Warum springen sie dann nicht auf dem Oberdeck herum? Warum schwenken sie dann nicht die Hemden über ihren Köpfen? Können Sie mir das erklären?«

»Keine Ahnung, nur eine Bitte, Sir«, sagte Nicolson trokken. »Lassen Sie unsere Scheinwerfer ein- und ausschalten, außerdem ein paar Zwölfpfünder und ein halbes Dutzend Raketen losfeuern.«

Findhorn überlegte einen Augenblick und nickte dann. »Gut — das kann ich noch verantworten, wobei ich hoffe, daß sich im Umkreis von fünfzig Meilen kein Japaner befindet. Also, tun Sie es, Mister Nicolson.«

Doch das Auf- und Abblenden der Scheinwerfer, das dumpfe Krachen der Zwölfpfünder waren wirkungslos. Die ›Kerry Dancer‹ war ein treibendes, ausgebranntes Skelett, das immer tiefer sank. Es bewegte sich nichts an Bord.

»Ja, das wäre es denn wohl.« Kapitän Findhorns Stimme klang müde. »Sind Sie nun zufrieden, Nicolson?«

»Käpt'n, Sir!« Es war Vannier, der sprach, ehe Nicolson antworten konnte. Er sprach mit lauter, aufgeregter Stimme: »Da drüben, Sir! Sehen Sie?«

Findhorn hatte sich auf die Brüstung gestützt und hob das Fernglas an die Augen. Sekundenlang stand er unbeweglich, dann fluchte er leise, setzte das Glas ab und drehte sich zu Nicolson herum.

Nicolson kam ihm zuvor: »Ich kann es sehen, Sir. Brecher. Knapp eine Meile südlich der ›Kerry Dancer‹. Sie muß in zwanzig Minuten auflaufen. Das muß das Riff von Metsana sein, das gefährlichste Riff in dieser ganzen Gegend.«

»Scheinwerfer aus! Volle Kraft voraus, Kurs 90 Grad!« befahl Findhorn.

Da spürte er Nicolsons Hand auf seinem Oberarm, die sehnigen Finger preßten sich in sein Fleisch. Mit dem Finger der ausgestreckten linken Hand zeigte er auf das Heck des sinkenden Schiffes:

»Ich habe eben ein Licht gesehen — unmittelbar nachdem unsere Scheinwerfer aus waren.« Seine Stimme war sehr leise, fast flüsternd. »Ein ganz schwacher Lichtschein — vielleicht eine Kerze, oder auch nur ein Streichholz. Unmittelbar neben der achteren Luke.«

Findhorn sah ihn an, starrte hinüber zu der dunklen schattenhaften Silhouette der ›Kerry Dancer‹ und schüttelte den Kopf.

»Ich kann leider nichts sehen, Nicolson. Vermutlich eine optische Täuschung, weiter nichts.«

»Irrtümer dieser Art passieren mir nicht«, unterbrach ihn Nicolson mit unbewegter Stimme.

Mehrere Sekunden verstrichen, Sekunden völliger Stille, dann fragte Findhorn: »Hat sonst noch jemand dieses Licht gesehen?«

Wieder das gleiche Schweigen, nur noch länger als vorhin,

bis schließlich Findhorn kurz kehrt machte. »Volle Kraft voraus, Rudergänger, und ... he, Nicolon, was machen Sie denn da?«

Nicolson hängte den Hörer, in den er eben gesprochen hatte, ohne jede Hast wieder ein. »Ich habe nur darum gebeten, ein wenig Licht auf den strittigen Punkt fallen zu lassen«, sagte er, drehte dem Kapitän den Rücken zu und sah wieder hinaus aufs Meer.

Findhorn preßte die Lippen zusammen, als der Scheinwerfer über das Wasser strich und schließlich die Hütte der ›Kerry Dancer‹ anleuchtete.

Alle sahen es, sahen es deutlich: die schmale Luke, die sich nach innen öffnete, und dann den langen, nackten Arm, der sich herausstreckte und ein weißes Lacken schwenkte, diesen Arm, der plötzlich wieder verschwand und dann ein brennendes Bündel aus Papier oder Lumpen hinaushielt, es solange festhielt, bis die Flammen um das Handgelenk züngelten.

Und schon war Nicolson am Geländer der Teakholzleiter nach unten gerutscht. Er schlug die Sperriegel der Zurrung des Rettungsbootes beiseite. Während er die Davits ausschwenkte, rief er dem Bootsmann zu, die Notbemannung zu alarmieren.

Minuten später schwang sich Nicolson, in der einen Hand eine Feuerwehraxt, in der anderen eine große, in einer Gummihülle steckende Taschenlampe, an Bord der ›Kerry Dancer‹.

2

Mit wenigen Schritten überquerte Nicolson das Deck der ausgebrannten ›Kerry Dancer‹. Noch durch die Stiefel und die Handschuhe aus dickem Leinen spürte er die Hitze, die das Schiff ausstrahlte. Er ließ sich auf das Achterdeck hinabfallen, weil die Leiter verkohlt war. Mit dem Stiel seiner Axt schlug er gegen die Stahltür der Hütte.

»Jemand drin?« rief er.

Zwei oder drei Sekunden blieb es völlig still, dann drang ein verworrenes Durcheinander von Stimmen nach draußen. Nicolson ließ den Schein seiner Taschenlampe über die Stahltür streichen. Der eine Riegel hing lose und pendelte hin und her, die übrigen sieben waren fest verrammelt. Auf solchen Schiffen hatte man früher Sklaven transportiert, dachte Nicolson.

Der Bootsmann McKinnon, der hinter Nicolson stand, hob den schweren Vorschlaghammer, schlug siebenmal zu, dann hatte sich die Stahltür durch ihr eigenes Gewicht in den Angeln gedreht. Es war dunkel im Raum und kalt wie in einem Kerker und so niedrig, daß ein großer Mann knapp aufrecht stehen konnte. An beiden Wänden zogen sich dreistöckige Metallkojen entlang, über jeder Koje war ein schwerer eiserner Ring an der Wand befestigt.

Nicolson schätzte, daß etwa zwanzig Menschen im Raum waren. »Wer hat hier das Kommando?« fragte er. Seine Stimme wurde von den eisernen Wänden als dumpfes Echo zurückgeworfen.

»Ich denke, der da«, kam eine hohe spitze Stimme. Nicolson drehte sich in die Richtung und sah dicht hinter sich eine ältliche Dame, klein und zierlich, sehr aufrecht, das silberne Haar in einem festen Knoten nach hinten gelegt, auf dem Haar einen allzu reich dekorierten Strohhut.

»Nanu«, entfuhr es Nicolson, als er diese Dame sah. Aber als Seemann hatte er die unwahrscheinlichsten Dinge schon erlebt. Warum also nicht auch eine Dame mit Strohhut auf einem üblen Schiff wie der ›Kerry Dancer‹? Die Dame zeigte auf einen Mann, der vor einer halbgeleerten Whiskyflasche am Tisch hockte. »Natürlich ist er wieder mal betrunken, ist aber sein Normalzustand«, fuhr die ältliche Strohhutdame fort.

»Betrunken, Madam? Haben Sie gesagt, ich sei betrunken?« stammelte der Mann am Tisch vor der Whiskyflasche. Er mühte sich hoch, seine Hände zogen die Jacke seines zerknitterten, weißen Leinenanzugs straff. »Bei Gott, Madam, wenn Sie ein Mann wären...«

Nicolson schob ihn zur Seite. Diese Art von Männern war nicht sein Fall. »Ich weiß«, sagte er. »Sie würden Madam mit der Reitpeitsche grün und blau schlagen. Jetzt halten Sie den Mund.« Er wandte sich wieder der Strohhutdame zu: »Wie heißen Sie, bitte?«

»Miß Plenderleith. Constance Plenderleith.«

»Das Schiff sinkt, Miß Plenderleith«, sagte Nicolson rasch. »Das Vorschiff sackt von Minute zu Minute tiefer. In etwa einer halben Stunde sitzen wir fest auf dem Riff, und der

Taifun kann jeden Augenblick wieder losbrechen. Wir sind mit einem Rettungsboot da, es liegt an der Backbordseite, keine zehn Meter von hier. Wie viele von denen da, die hier sind, können noch laufen?«

»Fragen Sie Miß Drachmann, sie ist Krankenpflegerin.« Sie sagte es und warf dabei dem Mann am Tisch vor der Whiskyflasche einen schnellen Blick zu. Keiner hatte ihn bemerkt, nur Nicolson. Und er hatte gesehen, daß es ein sehr merkwürdiger Blick war. Was war zwischen diesen beiden, dem Whiskymann und der Strohhutdame?

»Miß Drachmann?« fragte Nicolson in den Raum hinein.

Hinten in der Ecke wandte sich ein Mädchen um und sah zu ihm hin. Ihr Gesicht lag im Schatten. »Leider nur fünf, Sir.«

»Leider? Warum leider?«

»Weil die anderen gestorben sind«, sagte sie und legte den Arm um ein Kind, das neben ihr auf einem Hocker stand.

Nicolson wurde lauter: »Also ab ins Boot! Und wer gehen kann, hilft den Kranken oder Verwundeten.« Er tippte dem Whiskytrinker auf die Schulter: »Sie gehen als erster!«

»Ich?« Er war entrüstet. »Ich habe hier die Verantwortung. Ich bin praktisch der Kapitän — und ein Kapitän geht immer als letzter.«

»Sie gehen als erster«, wiederholte Nicolson ungeduldig und ärgerlich.

»Erzählen sie ihm doch, wer Sie sind, Foster«, schlug Miß Plenderleith mit spitzer Stimme vor. Nicolson dachte: Sie kennt sogar seinen Vornamen!

»Was werde ich allerdings tun«, sagte der Whiskymann. Er hatte sich erhoben und stand jetzt, in der einen Hand einen schwarzen Reisekoffer, in der anderen die halbgeleerte Flasche, vor Nicolson. »Mein Name ist Farnholme — Brigadegeneral Farnholme!« Er machte eine ironische Verbeugung.

»So? Freut mich.« Nicolson glaubte es nicht. Betrunken, dachte er. Ein Säufer, der sich immer dann, wenn er besoffen war, einbildete, Brigadegeneral zu sein. Und Miß Plenderleith? Nicolson hatte keine Zeit, darüber nachzudenken, was zwischen den beiden war. Irgend etwas, sicher und in Dreiteufelsnamen. Denn Foster Farnholme kam drohend auf ihn zu:

»Verdammt noch mal, Sir«, sagte er wütend, »wo bleibt die Tradition der See? Frauen und Kinder zuerst? Scheinen mir ein merkwürdiger Seemann zu sein.«

»Mag sein. Wenn es Ihnen lieber ist, können wir auch an Deck antreten und wie Ehrenmänner sterben — oder wie Brigadegeneräle, während die Musik spielt. Ich befehle Ihnen zum letztenmal, Farnholme, Sie hauen jetzt ab — ins Rettungsboot...«

»Für Sie noch immer Brigadegeneral Farnholme, Sie...«

Doch Nicolson versetzte Farnholme, der den Griff seines Koffers umklammert hielt, einen Stoß, der ihn rücklings in die Arme des Bootsmanns taumeln ließ. McKinnon hatte ihn in weniger als vier Sekunden nach draußen befördert. Miß Plenderleith schrie spritz auf.

»Kann Ihnen doch gleichgültig sein, Madam. Sie sind doch nicht mit ihm verheiratet?« sagte Nicolson. Er kümmerte sich nicht weiter um sie. Später, auf der ›Viroma‹, würde genug Zeit für alles bleiben. Jetzt ging es um Leben und Tod. Obwohl weniger als zehn Minuten vergangen waren, lag die ›Kerry Dancer‹ schon tiefer im Wasser. An der Steuerbordseite begannen die Brecher das Deck zu überspülen. In der nächsten Sekunde taumelte er und wäre beinahe gefallen, als die ›Kerry Dancer‹ mit einem heftigen Ruck und kreischendem Geräusch kratzenden Metalls auf ein Unterwasserriff auflief und das Deck sich steil nach backbord legte.

Die letzten, die von Deck der sinkenden ›Kerry Dancer‹ gingen, waren Nicolson und Miß Drachmann. Die Gesunden, die Kranken und die Verwundeten kauerten im Rettungsboot.

Es nahm seinen Kurs zum Tanker ›Viroma‹. Es war keine Zeit mehr geblieben, die ›Kerry Dancer‹ nach weiteren Überlebenden zu durchsuchen.

Das Rettungsboot tanzte in der aufgewühlten See auf und nieder. Nicolson starrte auf das sinkende Schiff.

»Komisch«, sagte er mehr zu sich als zu einem andern, »keine Spur vom Rettungsboot der ›Kerry Dancer‹.«

»Vielleicht verbrannt?« antwortete McKinnon.

»Sieht nicht danach aus. Ein paar Reste hätte man auf Deck finden müssen. Komische Sache...«

Er saß neben Miß Drachmann. Seine Taschenlampe beleuchtete die rechte Seite ihres Gesichts. Noch nie hatte er ein Auge von solch intensivem Blau gesehen...

Minuten später wollte Nicolson einen letzten Blick auf die ›Kerry Dancer‹ werfen. Doch sie war nicht mehr zu sehen. Sie war verschwunden, als hätte es sie nie gegeben.

Eine Stunde später befand sich die ›Viroma‹, gleichmäßig schlingernd, in voller Fahrt auf südwestlichem Kurs. Nicolson stand in der Nähe des Windfangs auf der Brücke, als Kapitän Findhorn zu ihm trat. Er klopfte Nicolson leicht auf die Schulter.

»Kommen Sie doch bitte auf ein Wort in meine Kabine, Nicolson.«

»Ja, Sir, natürlich.«

Findhorn ging durch den Kartenraum voraus zu seiner Kabine, schloß die Tür, überzeugte sich, daß die Verdunkelungsblenden geschlossen waren, schaltete Licht an und bat Nicolson mit einer Handbewegung, sich auf das kleine Sofa zu setzen. Er füllte zwei Gläser drei Finger breit mit Whisky und schob das eine Glas Nicolson hinüber.

»Also Johnny, was für einen Eindruck hatten Sie von ihr?« fragte der Kapitän.

»Von der ›Kerry Dancer‹? Ein Sklavenhändlerschiff«, antwortete Nicolson und trank. »Überall Stahltüren, die meisten davon nur von außen zu öffnen. Eiserne Ringe über jeder Koje...«

»Und das im zwanzigsten Jahrhundert, wie?« sagte Findhorn leise. »Kauf und Verkauf von Menschen.«

»Ja«, sagte Nicolson trocken, »lassen Sie diesen Krieg mal länger dauern, dann wird er schlimmer als Sklavenhandel: Giftgas, Konzentrationslager, Luftangriffe auf offene Städte. Ich frage mich, was schlimmer ist, Käpt'n.«

Findhorn schien es überhört zu haben. »Übrigens«, sagte er, »ich habe mir diesen angeblichen Brigadegeneral vorgeknöpft.«

»So«, antwortete Nicolson grinsend. »Wenn es nach ihm ginge, würde er mich morgen wohl am liebsten vor ein Kriegsgericht stellen lassen, nehme ich an.«

»Wie bitte?«

»Nun, an Bord der ›Kerry Dancer‹ — Gott hab' sie selig — war er nicht ganz mit mir einverstanden.«

»Dann scheint er seine Meinung über Sie revidiert zu haben. Fähiger junger Mann, das sagte er, sehr fähig, aber — hm — ein wenig ungestüm.«

»Halten Sie ihn für einen Angeber, Käpt'n?«

»Ein bißchen, nicht viel. Ein pensionierter Offizier der Army ist er auf jeden Fall. Hat sich vermutlich einen etwas höheren Rang zugelegt...«

»Und was, zum Teufel, hat so ein Mann an Bord der ›Kerry Dancer‹ zu suchen?« fragte Nicolson.

»In diesen Zeiten werden alle möglichen Leute zusammengewürfelt, Johnny«, erwiderte Findhorn. »Die ›Kerry Dancer‹ sollte ursprünglich nach Bali gehen. Aber Farnholme erzählte, er hätte den Kapitän — Siran soll er heißen und ein übler Gauner soll er sein — überredet, Singapur anzulaufen. Warum er dorthin wollte, wo doch die Japaner sozusagen schon vor der Haustür waren, das wissen die Götter. Aber in Singapur scheint die ›Kerry Dancer‹ von der englischen Army requiriert worden zu sein. Waren angeblich noch mehr Soldaten an Bord, sind wahrscheinlich alle verbrannt, als die Japaner das Schiff bombardierten.«

»Den Kapitän scheint er Teufel geholt zu haben«, sagte Nicolson. »Er ist nicht unter den Geretteten.« Er schwieg, überlegte und fuhr fort: »Falls er sich nicht im Rettungsboot der ›Kerry Dancer‹ davongemacht hat. Ich hatte den Eindruck, Sir, das Rettungsboot wurde flottgemacht, bevor die Japaner die ›Kerry Dancer‹ angriffen.«

Findhorn hob die Augenbrauen. »So, meinen Sie?« Dann machte er eine verächtliche Handbewegung. »Bei dieser See im Rettungsboot, Johnny? Da können es auch gleich Bomben sein. Es kommt aufs gleiche heraus.«

Er trank sein Whiskyglas leer, hielt es in der Hand und drehte es hin und her. Er beugte sich vor und starrte seinen Ersten Offizier lange an. Dann brummte er: »Aber wenn es stimmen sollte, daß das Rettungsboot der ›Kerry Dancer‹ nicht verbrannte, dann bedeutet das, daß sich irgendwelche Leute, die an Bord waren, vor dem Angriff der Japaner aus dem Staub gemacht haben — ganz so, als hätten sie gewußt, wann die Japaner die ›Kerry Dancer‹ bombardieren würden. Ist ja alles etwas merkwürdig: dieser versoffene Brigadegeneral die alte Dame.«

Findhorn stand unvermittelt auf: »Kommen Sie, Nicolson, wir wollen unser Verhör mal etwas genauer fortsetzen. Vielleicht bringen wir aus Miß Drachmann einiges heraus... und dann aus Miß Plenderleith... wenigstens die Namen von den Leuten, die noch an Bord waren.«

Auch Nicolson erhob sich und brummte: »Tja, da scheint einiges nicht zu stimmen.«

Sie gingen nach unten und betraten gemeinsam die Messe. Es war ein großer Raum mit zwei langen Tischen, aber nun war nur Miß Drachmann dort, leicht gegen die Anrichte gelehnt. Findhorn und Nicolson sahen sie, als sie in den Raum kamen, nur im Profil. Sie hatte eine gerade, sehr fein geformte Nase, eine hohe, glatte Stirn und langes, seidiges schwarzes Haar, das in einer tiefen Nackenrolle endete. Doch als sie den Kopf zu den Männern drehte, erschraken Findhorn und Nicolson. Das Lampenlicht war auf die linke Seite ihres Gesichts gefallen. Eine tiefe, rissige Narbe, kaum verheilt, notdürftig und ungeschickt vernäht, lief quer über das ganze Gesicht, oben vom Haaransatz an der Schläfe bis hinunter zum weichen, runden Kinn. Kurz oberhalb des Backenknochens war sie über einen Zentimeter breit.

Miß Drachmann versuchte zu lächeln und legte die linke Hand auf die Narbe. »Ich fürchte, es sieht nicht sehr hübsch aus«, sagte sie. Ihre Stimme hatte einen seltsamen Ton von Mitleid, aber es war nicht Mitleid mit sich selbst.

Nicolson ging rasch auf sie zu. »Guten Abend, Miß Drachmann«, sagte er. »Sind alle Ihre Patienten gut untergebracht?«

»Ja, danke, Sir.«

»Sagen Sie nicht Sir zu mir.« Er hob die Hand und berührte vorsichtig die Wange mit der Narbe. Sie zuckte nicht zurück, sie rührte sich überhaupt nicht, nur ihre blauen Augen weiteten sich einen kurzen Augenblick.

»Unsere kleinen, gelben Freunde — nehme ich an?« fragte Nicolson. Seine Stimme war so sanft wie seine Hand.

»Ja, ich fiel ihnen in die Hände.«

»Ein Bajonett?«

»Ja.«

»Eins von diesen scharfig geschliffenen Bajonetten für besondere Gelegenheiten, nicht wahr?« Er sah sich die Narbe aus der Nähe an, sah den schmalen, tiefen Einstich am Kinn und den breiten Riß unterhalb der Schläfe.

»Und wie sind Sie davongekommen?«

»Ein großer Mann kam in das Zimmer des Bungalows, den wir als Feldlazarett benutzten. Ein sehr großer Mann mit roten Haaren. Er sagte, er sei von einem Hochland-Regiment. Er entriß dem Japaner, der nach mir gestochen hatte, weil ich mich nicht vergewaltigen lassen wollte, das Bajonett. Dann meinte er, ich solle besser wegsehen. Als er mich wieder umdrehte, lag der Japaner tot am Boden.«

»Und wer hat die Narbe genäht?«

»Derselbe Mann — er sagte allerdings, er sei in solchen Dingen nicht sehr geschickt.«

»Man hätte es besser machen können«, gab Nicolson zu. »Das kann man übrigens immer noch.«

»Es ist scheußlich!« Ihre Stimme schnellte bei dem letzten Wort in die Höhe. »Ich weiß, daß es scheußlich ist.« Sie sah sekundenlang zu Boden, dann hob sie den Blick wieder zu Nicolson und versuchte zu lächeln. Es war kein sehr glückliches Lächeln.

»Miß Drachmann«, sagte Nicolson leise, als sollte es keiner außer ihr hören, »ich glaube, Sie sind mehr als gutaussehend — Sie sind schön, und bei Ihnen sieht es — entschuldigen Sie den Ausdruck — verdammt übel aus. Sie müssen nach England.« Er brach unvermittelt ab, als er Findhorn näherkommen hörte.

»Nach England?« Die Haut über ihren hohen Backenknochen rötete sich. »Ich verstehe Sie nicht ganz.«

»Ja, nach England. Ich bin ziemlich sicher, daß es in dieser Ecke der Welt keinen Chirurgen gibt, der für so eine Gesichtsoperation geschickt genug wäre. Aber es gibt zwei oder drei Männer in England — ich glaube nicht, daß es überhaupt mehr gibt —, die diese Narbe so hinkriegen könnten, daß nur ein dünner Strich zu sehen bleibt.«

Sie schaute ihn schweigend an. Der Blick ihrer klaren, blauen Augen war ohne Ausdruck. Dann sagte sie ruhig, mit nüchterner Stimme: »Sie vergessen, daß ich Krankenschwester bin. Ich kann Ihnen daher leider nicht glauben.«

»Der Mensch glaubt nichts so fest wie das, war er glauben möchte, Miß Drachmann«, sagte Nicolson lächelnd.

»Es gibt hier also noch Kavaliere«, antwortete Miß Drachmann. Es schien, als wollte sie nach Nicolsons Hand fassen, aber sie unterließ es, als Findhorn nahe vor sie hintrat:

»Er hat recht. Nur drei Männer in England — hat er gesagt, und einer von den dreien ist sein Onkel.«

Er machte mit der Hand eine abschließende Geste. »Aber wir sind nicht gekommen, um über chirurgische Fragen zu diskutieren. Miß Drachmann, es handelt sich um die Leute von der ›Kerry Dancer‹, die nicht ...«

Er brach mitten im Satz ab, als plötzlich die Sirene durch das Schiff schrillte: lang, lang, kurz — lang, lang, kurz — der Befehl zur Besetzung der Alarmstationen.

Nicolson war als erster an der Tür, Findhorn folgte ihm auf den Fersen.

Im Norden und im Osten donnerte es dumpf am fernen Horizont. Über der ›Viroma‹ türmten sich die Wolken höher und höher. Die ersten schweren Regentropfen fielen auf das Ruderhaus. Doch im Süden und im Westen war noch kein Regen, kein Donner. Nur in der Ferne zuckte gelegentlich ein Blitz. Die Dunkelheit war nachher noch undurchdringlicher als zuvor.

Findhorn und Nicolson standen auf der Brücke der ›Viroma‹, die Ellbogen auf die Brüstung gestützt und die Nachtgläser unbeweglich vor den gespannt spähenden Augen. Sie sahen nun zum fünftenmal innerhalb von zwei Minuten das gleiche Blinksignal. Es leuchtete im Südwesten aus der Dunkelheit auf — jeweils etwas sechs Blinkzeichen hintereinander, kaum zu sehen und jedesmal insgesamt nicht länger dauernd als zehn Sekunden.

»Diesmal zwei Strich an Steuerbord, Käpt'n«, sagte Nicolson. »Also fast dauernd auf der gleichen Stelle, Sir.«

»Oder mit so geringer Fahrt, daß es praktisch auf dasselbe herauskommt.«

Findhorn setzte das Glas ab, rieb sich mit dem Handrücken über die schmerzenden Augen, nahm das Glas wieder hoch und wartete.

»Überlegen Sie doch mal, Nicolson«, sagte er.

Nicolson setzte das Glas ab und schaute nachdenklich in die Dunkelheit hinaus.

»Könnte ein Leuchtfeuer, eine Boje oder eine Bake sein. Ist es aber nicht. Die nächste Insel liegt wenigstens sechs Meilen von hier in südwestlicher Richtung. Dieses Licht ist nicht weiter als zwei Meilen entfernt.«

Findhorn ging zur Tür des Ruderhauses, befahl halbe Fahrt und kam dann wieder zurück. Überlegen Sie weiter«, sagte er zu Nicolson.

»Könnte ein japanisches Kriegsschiff sein — ein Zerstörer. Ist es aber auch nicht. Jeder einigermaßen vernünftige Kommandant würde sich nicht verraten, bis er uns aus nächster Nähe mit seinen Scheinwerfern fassen kann.«

Findhorn nickte. »Denke genauso. Aber was meinen Sie, ist es nun wirklich? Da, sehen Sie, schon wieder!«

»Ja, und diesmal noch näher... Könnte vielleicht ein U-Boot sein, das uns mit seinem Horchgerät als dicken Brocken ausmacht, sich aber nicht ganz klar ist über unsern Kurs und unsere Geschwindigkeit. Es möchte uns vielleicht dazu verleiten, auf seine Blinkzeichen zu antworten, damit es ein Ziel für seine Aale hat.«

»Klingt nicht, als ob Sie selbst davon ganz überzeugt wären.«

»Beunruhigt mich auch nicht, Sir. Bei einem Wetter wie heute nacht stampft jedes U-Boot so sehr, daß es nicht einmal die ›Queen Mary‹ auf hundert Meter treffen würde.«

»Ganz Ihrer Meinung. Wahrscheinlich ist es das, was für jeden, der nicht so mißtrauisch ist wie wir, von vornherein klar wäre...«

»Und was, Sir?«

»Ganz einfach: Jemand in Seenot. Ein offenes Boot oder ein kleineres Fahrzeug, das dringend Hilfe braucht. Aber wir können nichts riskieren. Geben Sie Befehl an alle, die schießen können: Sagen Sie den Männern, sie sollen dieses Licht dort aufs Korn nehmen und den Finger am Abzug halten. Und geben Sie Anweisung für den Maschinenraum: Langsame Fahrt voraus. Außerdem schicken Sie mir Vannier herauf, den Vierten Offizier!«

»Aye, aye, Sir!«

Nicolson ging in das Ruderhaus. Findhorn hob erneut das Glas an die Augen. Dann brummte er ärgerlich, weil ihn jemand mit dem Ellbogen in die Seite stieß. Er drehte den Kopf, setzte das Glas ab und wußte, wer neben ihm stand, noch ehe der Mann ein Wort gesagt hatte. Selbst hier im Freien war die Whiskyfahne überwältigend.

»Was, zum Teufel, ist hier los, Kapitän?« sagte Foster Farnholme aufgebracht und wütend. »Was soll der ganze Unfug? Diese verdammte Sirene hätte mir fast das Trommelfell gesprengt!«

»Tut mir leid, Brigadier.« Findhorns Stimme war beherrscht, höflich, aber unbeteiligt kalt. »Unser Signal für Alarmbereitschaft. Wir haben ein verdächtiges Licht gesichtet. Kann möglicherweise Ärger bedeuten.« Dann wurde seine Stimme um eine Nuance schärfer: »Und ich muß Sie leider bitten, hier augenblicklich zu verschwinden. Niemand darf die Brücke ohne Erlaubnis betreten.«

»Was?« Farnholme begehrte auf. »Sie wollen doch wohl nicht sagen, daß das auch für mich gelten soll?«

»Genau das wollte ich sagen, Sir. Bedaure.«

Der Regen wurde heftiger, die dicken Tropfen trommelten auf seine Schultern, und er wiederholte noch einmal — und wiederum eine Nuance schärfer:

»Ich muß Sie bitten, nach unten zu gehen, Brigadier!«

Farnholme protestierte nicht mehr. Seltsamerweise. Er sagte überhaupt nichts, machte auf dem Absatz kehrt und verschwand in der Dunkelheit.

Findhorn hätte wetten mögen, daß er nicht nach unten gegangen war, sondern in der Dunkelheit an der Achterseite des Steuerhauses wartete.

Während der Kapitän das Glas hob, kam das Lichtzeichen wieder. Diesmal noch näher, viel näher, aber schwächer — die Batterie der Taschenlampe schien zu Ende zu gehen. Und es waren diesmal nicht die gleichbleibenden Signale der letzten Minuten, sondern unverkennbar ein SOS, drei kurz, drei lang, drei kurz: das internationale Seenotzeichen, heilig wie das Rote Kreuz ...

»Sie haben mich rufen lassen, Sir?«

Findhorn ließ das Glas sinken und sah sich um. »Ach, Sie sind es, Vannier. Tut mir leid, daß ich Sie in diesem Sauwetter auf die Brücke holen muß, aber ich brauche jemanden, der gut morsen kann. Haben Sie das Blinksignal eben gesehen?«

»Jawohl, Sir. Jemand in Not, nehme ich an.«

»Hoffentlich«, sagte Findhorn grimmig. »Holen Sie unsere Blinklampe und fragen Sie an, wer es ist.«

Die Windschutztür ging auf, und Findhorn sagte nach rückwärts: »Sind Sie es, Nicolson?«

»Ja, Sir. Alle Mann liegen mit ihren Schußwaffen im Anschlag. Ich habe nur Angst, einer könnte zu früh losschießen. Sind ja alle so verdammt gereizt. Außerdem habe ich dem Bootsmann befohlen, an Steuerbord auf Tank Nummer drei ein paar Tiefstrahler zu installieren. Ferner habe ich von drei Matrosen außenbords ein Kletternetz anbringen lassen.«

»Danke, Nicolson. Sie denken immer an alles. Und was halten Sie vom Wetter?«

»Naß und unberechenbar«, sagte Nicolson unfroh. Er hörte auf das Klicken der Morselampe und beobachtete den weißen Lichtstrahl, der sich seinen Weg durch den strömenden Regen bahnte. Dann schüttelte er seinen Kopf wie ein nasser Hund, daß die Regentropfen wegspritzten. Unverwandt starrte er auf das gelbliche Pünktchen, das undeutlich durch die Dunkelheit zur ›Viroma‹ herüberblinkte.

»Erzählt irgendwas von Sinken«, sagte Findhorn und wandte sich an Vannier. »Und was sagt er sonst noch?«

»Van Effen, sinkend. Das ist alles, Sir. Jedenfalls denke ich, daß das alles war. Die Morsezeichen waren ziemlich undeutlich.«

»Mein Gott, heute nacht bin ich aber wirklich vom Glück verfolgt.« Findhorn schüttelte den Kopf. »Erst die ›Kerry Dancer‹ — und nun die ›Van Effen‹. Wer hat schon jemals etwas von einem Schiff namens ›Van Effen‹ gehört? Sie vielleicht, Mister Nicolsen?«

»Nein, noch nie.«

Nicolsen drehte sich um und rief durch die Tür ins Ruderhaus: »Schlagen Sie im Register nach, schnell! Die ›Van Effen‹! Zwei Worte. Holländisch. So schnell Sie können!«

»Van Effen? Hörte ich recht, daß hier jemand van Effen sagte?«

Die Stimme war unverkennbar, sie roch immer noch nach Whisky, aber sie klang diesmal erregt. Aus der Dunkelheit hinter dem Ruderhaus löste sich Farnholmes mächtiger Schatten.

»Ich wußte, daß Sie lauschen. Ich hätte darauf gewettet«, knurrte Findhorn und fuhr fort: »Sie kennen ein Schiff mit diesem Namen, Brigadier?«

»Das ist kein Schiff — das ist ein Mann, ein Holländer, van Effen. Ging gemeinsam mit mir in Borneo an Bord der ›Kerry Dancer‹. Muß mit dem Rettungsboot losgefahren sein, nachdem das Schiff in Brand geraten war — die ›Kerry Dancer‹ hatte, soviel ich weiß, nur ein einziges Rettungsboot.«

Farnholme war inzwischen vorgetreten und starrte aufgeregt über die Reling in die Dunkelheit, ohne sich um den Regen zu kümmern, der auf ihn herunterprasselte.

»Fischen Sie ihn auf, Mann, fischen Sie ihn auf, ehe es zu spät ist!«

»Woher sollen wir wissen, daß dies keine Falle ist?« antwortete die kalte Stimme des Kapitäns. Sie wirkte auf Farnholme wie eine Dusche. »Vielleicht ist es dieser van Effen, vielleicht auch nicht. Und wenn er es ist, wie sollen wir wissen, ob wir ihm trauen können?«

»Was meinen Sie wohl, warum ich noch lebe und hier stehe?« sagte Farnholme fast schreiend, um aber dann ruhiger fortzufahren: »Und weshalb die Krankenschwester am Leben ist und die Verwundeten, die Sie vor einer Stunde von der ›Kerry Dancer‹ heruntergeholt haben? Nur aus einem einzigen Grund: Als der Kapitän der ›Kerry Dancer‹ sich aus Singapur davonmachen wollte, um die eigene Haut zu retten, setzte ihm ein Mann die Pistole an die Rippen und zwang ihn, umzukehren.«

»Und dieser Mann war van Effen?«

»Dieser Mann war van Effen. Und er ist jetzt da draußen in dem Boot.«

»Danke, Brigadier«, sagte der Kapitän kühl. Er wandte sich zu Nicolsen: »Nicolsen, den Scheinwerfer! Sagen Sie dem Bootsmann, er soll die beiden Lampen einschalten, sobald ich Befehl dazu gebe. Maschine stop! Langsame Fahrt zurück!«

Der Strahl des Scheinwerfers drang hinaus in die Dunkelheit. Er tastete sich durch den Regen, der so dicht wie ein Vorhang fiel. Dann hatte er das Rettungsboot erfaßt, ganz in der Nähe. Es schwankte heftig auf und nieder, während es in den kurzen, harten Wellen trieb. Es schienen sieben oder acht Mann in dem Boot zu sein. Sie bückten sich und kamen wieder hoch, sie bückten sich und kamen wieder hoch, während sie um ihr Leben Wasser schöpften — ein hoffnungsloser Kampf; denn das Boot lag schon tief und sank von Minute zu Minute tiefer.

Nur ein Mann im Boot war offensichtlich von allem unberührt: er saß im Heck, mit dem Gesicht zum Tanker. Zum Schutz gegen das grelle Licht des Scheinwerfers hielt er den Unterarm vor die Augen. Oberhalb dieses Unterarms schimmerte irgend etwas weißlich im Licht.

In wenigen Sekunden war Nicols zur Steuerbordseite gerannt, Farnholme blieb ihm dicht auf den Fersen. Genau in dem Augenblick, als Nicolson nach der Reling faßte, um sich hinauszulehnen, gingen gleichzeitig die beiden Tiefstrahler an.

Zwölftausend Tonnen hatte die ›Viroma‹ und nur eine Schraube. Doch Findhorn manövrierte das große Schiff selbst bei dieser hohen See, als sei es ein kleiner Zerstörer.

Die Männer im Boot hatten aufgehört Wasser zu schöpfen. Sie drehten sich auf den Bänken herum, starrten hinauf zum Deck des Tankers und machten sich bereit zum Sprung nach dem Kletternetz.

Nicolson sah aufmerksam zu dem Mann im Heck. Es war jetzt deutlich zu erkennen, daß das Weiße auf seinem Kopf ein behelfsmäßiger Verband war, blutgetränkt. Und dann fiel ihm noch etwas auf — die steife, unnatürliche Haltung des rechten Arms.

Nicolson drehte sich zu Farnholme um und zeigte auf den Mann im Heck. »Ist das van Effen, der da sitzt?«

»Das ist van Effen.«

Nicolson sah auf den Mann — und sah in der rechten Hand van Effens eine Pistole aufblitzen, die er unbeweglich auf die anderen Männer im Rettungsboot gerichtet hielt.

Auch Farnholme sah es, und er stieß einen leisen Pfiff aus.

»Warum?« fragte Nicolson den Brigadier.

»Weiß ich nicht, ich habe nicht die geringste Ahnung. Aber das eine können Sie mir glauben, Mister Nicolson: Wenn van Effen die Pistole für notwendig hält, dann hat er bestimmt seine guten Gründe dafür.«

Van Effen stand in der Messe gegen das Schott gelehnt, einen großen Whisky in der Hand. Aus seinen klatschnassen Kleidern troff das Wasser und bildete auf dem Fußboden kleine Pfützen. Knapp und überzeugend erzählte er, was geschehen war. Findhorn, Nicolson und Farnholme hörten aufmerksam zu. Aber Nicolson betrachtete van Effen mit zusammengekniffenen Augen.

»Wir hatten uns mit dem Rettungsboot rasch von der brennenden ›Kerry Dancer‹ entfernt. Als der Sturm losbrach, lagen wir einige Meilen weiter südlich im Schutz einer kleinen Insel. Wir warteten. Als der Wind plötzlich aufhörte, sahen wir kurze Zeit später im Nordwesten Raketen aufsteigen«, erzählte van Effen langsam — als überlege er jedes Wort, ja jeden Buchstaben.

»Das waren unsere Raketen«, sagte Findhorn. »Und daraufhin entschlossen Sie sich zu dem Versuch, uns zu erreichen?« fragte der Kapitän.

»Ich entschloß mich!« Die ernsten braunen Augen des Holländers zeigten ein frostiges Lächeln, während er auf die dunkelhäutigen und dunkeläugigen Männer zeigte, die sich in einer Ecke zusammendrängten. »Kapitän Siran und seine werten Genossen waren von meiner Idee nicht sehr begeistert. Sie sind keine ausgesprochenen Freunde der Alliierten.« Van Effen leerte den Rest seines Glases in einem Zug. »Aber zum Glück hatte ich meine Pistole.«

»Und dann?« fragte Nicolson lauernd.

»Dann fuhren wir los, mit nordwestlichem Kurs. Zuerst machten wir gute Fahrt. Dann aber schlugen ein paar hohe Brecher ins Boot und setzten den Motor unter Wasser. Nichts mehr zu machen, wir lagen da, ich dachte schon, es wäre aus — als ich das phosphoreszierende Kielwasser Ihres Schiffes sah. Wenn es so dunkel ist wie heute nacht, kann man es ziemlich weit sehen. Aber wir sahen Sie — und ich hatte meine Taschenlampe.«

»Und Ihre Pistole«, setzte Findhorn hinzu. Er sah van Effen mit kaltem, kritischem Blick an.

Van Effen lächelte schief. »Es ist nicht schwer zu erraten, was Sie damit sagen wollen, Herr Kapitän.« Er hob die Hand, schnitt eine Grimasse und riß sich den blutgetränkten Leinenverband vom Kopf. Eine tiefe, klaffende Wunde, dunkelrot an den Rändern, zog sich von der Stirn zum Ohr.

»Was glauben Sie wohl, wo ich das her habe?« fragte er schneidend.

»Nicht besonders hübsch«, gab Nicolson zu. »Siran?«

»Einer seiner Leute. Die ›Kerry Dancer‹ brannte, das Boot hing ausgeschwenkt in den Davits, und Siran hier und alle, die von der Crew noch übrig waren, wollten eben einsteigen.«

»Um das eigene teure Leben zu retten?« warf Nicolson ein.

»Ja, nur das eigene teure Leben«, bestätigte van Effen. »Ich hatte Siran an der Gurgel gepackt und drückte ihn rücklings über die Reling, um ihn zu zwingen, mit mir durchs Schiff zu gehen...«

»Durchs brennende Schiff?« fragte Findhorn.

»Es brannte noch nicht überall«, stellte van Effen kalt fest und fuhr fort: »Das war mein Fehler. Ich hätte von meiner

Pistole Gebrauch machen sollen. In diesem Augenblick traf mich ein Schlag einer der Leute Sirans. Sind ja alle von der gleichen üblen Sorte. Als ich wieder zu mir kam, lag ich unten im Rettungsboot.«

»Wo lagen Sie?« fragte Findhorn ungläubig.

»Sagten Sie im Rettungsboot, van Effen?« wandte auch Nicolson zweifelnd ein.

»Ich weiß!« Van Effen lächelte, ein etwas müdes Lächeln war es. »Klingt völlig unsinnig, wie eine dicke, bärendicke Lüge, nicht wahr?«

»Allerdings«, sagte Nicolson. »Man könnte es auch Ammenmärchen nennen, was Sie uns da erzählen.«

Van Effen schien es überhört zu haben.

»Logischerweise sollte man annehmen, diese dunklen Burschen da in der Ecke hätten Sie auf der brennenden ›Kerry Dancer‹ in Ihrem eigenen Saft schmoren lassen«, meinte der Kapitän.

In van Effens Gesicht zuckte kein Muskel, es blieb unbeweglich, als er sagte: »Die Logik ist manchmal eine seltsame Sache, meine Herren. Logik hin oder her — jedenfalls lag ich im Boot —, und nicht nur lebendig, sondern sogar sorgfältig verbunden. Sonderbar, nicht wahr, Kapitän?«

Findhorn antwortete nichts. Aber Nicolson trat vor, streckte die Hand aus, nahm die Pistole, die van Effen in seinen Gürtel gesteckt hatte, und sagte:

»Sie gestatten — und wie wäre es, wenn Sie uns jetzt die Wahrheit sagen, Mister ... van Effen?«

3

Van Effen stand noch immer in der Messe der ›Viroma‹ gegen das Schott gelehnt, und goß sich aus einer Whiskyflasche sein Glas drei Finger breit voll. Mit einem gleichgültigen Blick aus seinen festen braunen Augen streifte er Nicolson, den Ersten Offizier der ›Viroma‹, der ihm die Pistole aus dem Gürtel genommen hatte. Aber auf solche Tricks fiel er, van Effen, nicht herein. In seinem Gesicht bewegte sich kein Muskel. Es blieb auch unbewegt, ohne eine Spur von Genugtuung oder einem Lächeln, als Farnholme sagte:

»Er hat die Wahrheit erzählt, Kapitän Findhorn. Davon bin ich absolut überzeugt.«

»Ach wirklich? Und was macht Sie so sicher, Brigadier?«

»Na, schließlich kenne ich van Effen länger als alle anderen hier. Und außerdem muß die Geschichte, die er erzählt hat, wahr sein. Wäre sie es nicht, wäre er jetzt nicht hier.«

Kapitän Findhorn nickte nachdenklich, sagte aber nichts. Schweigend nahm er seinem Ersten Offizier die Pistole aus der Hand, ging quer durch die Messe in die Ecke, wo die Crew der untergegangenen ›Kerry Dancer‹ stand. Vor dem vordersten Mann blieb er stehen. Es war ein großer, breitschultriger Bursche, mit einem braunen, glatten, ausdruckslosen Gesicht. Er hatte einen schmalen Schnurrbart, lange, schwarze Koteletten und schwarze, gleichgültige Augen.

»Sie sind Siran?« fragte Findhorn beiläufig.

»Kapitän Siran, jawohl.« Die Betonung lag auf dem Wort Kapitän. Das Gesicht blieb völlig ausdruckslos.

»Unwichtig. Sie sind der Kapitän — waren der Kapitän der ›Kerry Dancer‹. Sie haben Ihr Schiff verlassen und die Menschen im Stich gelassen, die an Bord geblieben sind. Sie haben sie sterben lassen, eingesperrt hinter stählernen Türen.«

Siran klopfte sich lässig gegen den Mund, um ein gelangweiltes Gähnen zu unterdrücken. »Wir haben für diese Unglücklichen alles getan, was in unserer Macht stand.«

»So?« sagte Findhorn und musterte dann Sirans sechs Matrosen. Einer von ihnen, ein Kerl mit einem schmalen Gesicht, der auf einem Auge blind war, schien besonders nervös und ängstlich zu sein. Er trat dauernd von einem Bein aufs andere. Findhorn wandte sich an ihn.

»Sprechen Sie englisch?«

Der Mann zog die Schultern hoch und machte mit den Händen die auf der ganzen Welt übilche Geste des Nichtverstehens.

»Sie haben sich den Richtigen 'rausgesucht, Kapitän Findhorn«, sagte van Effen langsam und gedehnt, »er spricht englisch fast so gut wie Sie.«

Findhorn brachte rasch die Hand mit der Pistole hoch, setzte ihm die Mündung an den Mund und stieß sie ihm ziemlich kräftig gegen die Zähne. Der Mann wich zurück, und Findhorn drückte nach. Nach dem zweiten Schritt stand der Mann mit dem Rücken an der Wand. Das eine sehende Auge starrte entsetzt auf die Pistole, deren Lauf gegen seinen Mund drückte.

»Wer hat alle Riegel am Schott zum achtern Logis zugeschlagen?« fragte Findhorn leise. »Ich gebe Ihnen fünf Sekunden Zeit.« Er verstärkte den Druck der Pistole, die er gleichzeitig entsicherte. »Eins — zwei —«

»Ich, ich!« Seine Lippen zuckten, die Zähne klapperten ihm fast vor Angst.

»Auf wessen Befehl?«

»Auf Kapitän Sirans Befehl.« Der Mann sah zu Siran hinüber, schlotternde Angst im Blick. »Das wird mich das Leben kosten.«

»Vermutlich«, sagte Findhorn ungerührt. Er senkte die Pistole, schob sie in die Tasche und ging zurück zu Siran. »Sehr interessant diese kleine Unterhaltung, finden Sie nicht auch, Kapitän Siran?«

»Der Mann ist ein Narr«, sagte Siran verächtlich. »Jeder Angsthase wird alles sagen, was man von ihm will, wenn man ihm eine Pistole vors Gesicht hält.«

»Im Vorschiff waren englische Soldaten, zwanzig, fünfundzwanzig, ich weiß es nicht genau.«

»Und ich weiß nicht, wovon Sie reden. Was wollen Sie eigentlich mit diesem törichten Geschwätz erreichen, Kapitän Findhorn?«

»Nichts hoffe ich zu erreichen.« Auf Findhorns Gesicht waren grimmige Falten, der Blick seiner blassen Augen wurde hart und kalt. »Das ist keine Frage des Wollens, Siran, sondern des Wissens —, daß Sie des Mordes für schuldig befunden werden. Morgen früh werden wir die unbeeinflußten Aussagen sämtlicher Männer Ihrer Crew zu Protokoll nehmen und im Beisein neutraler Zeugen aus meiner Besatzung unterschreiben lassen. Ich betrachte es als meine persönliche Pflicht, dafür zu sorgen, daß Sie sicher und bei guter Gesundheit in Australien ankommen.«

Findhorn war schon halb im Weggehen, als er schloß: »Man wird Ihnen auf faire Weise den Prozeß machen, Kapitän Siran. Doch er dürfte nicht allzu lange dauern. Und welche Strafe auf Mord steht, wissen Sie ja.«

Zum erstenmal zerbrach Sirans unbeteiligte Maske. Seine dunklen Augen zeigten einen Schatten von Furcht. Doch Findhorn sah es nicht mehr. Er war schon dabei, die Stufen der Leiter zur Brücke der ›Viroma‹ hinaufzusteigen.

Diese Nacht schien kein Ende nehmen zu wollen. Stunde um Stunde steuerte Findhorn seinen stampfenden, schlingernden Tanker durch den Wirbelsturm und die hohen, drohenden Wogen nach Süd-Ost. Er dachte nur daran, möglichst viele Meilen zwischen das Schiff und Singapur zu bringen, bevor der Tag anbrach, und der Feind sie wieder entdecken konnte.

Etwa in der Hälfte der Hundswache überredete Nicolson den Kapitän, in seine Kajüte zu gehen und wenigstens zwei oder drei Stunden zu schlafen.

Etwa zur gleichen Zeit tastete sich van Effen zur Kabine des Funkers, der Walters hieß. Als er huschende Schritte hörte, drückte er sich in eine Nische. Ein Schatten tauchte auf, van Effen erkannte die Umrisse: Farnholme. Verdammt, dachte er, hat er etwa das gleiche Ziel wie ich? Doch dann sah er Farnholme in einer Kajüte verschwinden, von der er wußte, daß dort Miß Plenderleith behelfsmäßig untergebracht war. Er nickte verständnisvoll vor sich hin.

Niemand sah, wie van Effen in der Kabine des Funkers verschwand. Niemand auf der ›Viroma‹ ahnte, was in der nächsten halben Stunde dort geschah.

Er stieß die Tür auf und sah Walters auf seiner Pritsche. Das Gesicht kreideweiß, von übler Seekrankheit befallen.

»Entschuldigen Sie«, sagte er. »Ich habe mich wohl in der Tür geirrt. Ist auch kein Wunder, wenn man zum erstenmal in seinem Leben auf einem Tanker ist.«

Der Funker sah ihn aus glasigen Augen an. Van Effen griff in die Tasche, holte eine Pille und gab sie Walters.

»Das Beste, was es gibt«, sagte er. »Nehmen Sie.«

Walters war viel zu benommen, um sich zu wundern ... Als er wieder zu sich kam, war er allein. Draußen lag noch die Nacht. Er raffte sich auf, fuhr sich über die Stirn und versuchte sich zu erinnern. Es gelang ihm nicht. »Wasser«, dachte er, »nur Wasser.«

Er stolperte zum Waschraum durch den langen Gang im Mitteldeck, da sah er weit vorn eine Gestalt aus einer Kabine kommen und um die Ecke verschwinden. Er wußte, es war die Kabine, in der die komische alte Dame untergebracht war.

Minuten später war er wieder in der Funkkabine. Er fühlte

sich frischer. Als Nicolson die Kontrollrunde machte, saß er vor seinem Gerät, als sei nichts geschehen. Er winkte den Ersten Offizier heran, flüsterte ihm etwas zu, und dann fingen beide schallend an zu lachen.

»Und sonst?« fragte Nicolson.

Walters erinnerte sich dunkel an van Effen. Aber er schwieg darüber. Der Erste Offizier sollte nicht wissen, daß ein Landhase wie dieser van Effen ihm das beste Mittel gegen Seekrankheit gegeben hatte, das ihm je unter die Finger gekommen war. Er sagte zu Nicolson:

»Völlige Funkstille, Mister Nicolson. Kein SOS von draußen ... und wird werden uns hüten, unsere Position zu verraten, meinen Sie nicht auch?«

»Und ob ich das meine«, antwortete Nicolson und ging.

Fast von einer Minute zur anderen legte sich der Wind, die Wolken rissen auf, es regnete nicht mehr. Als der Morgen kam, lag ein klarer Himmel über der See, die Sonne schien, wie stets in diesen Breiten, senkrecht in den Himmel zu steigen. Gegen halb acht Uhr war sie bereits so heiß, daß die vom Regen und von der See durchnäßten Decks und Aufbauten der ›Viroma‹ dampfend trockneten.

Der Taifun der Nacht war vorbei, die mächtigen Winde verschwunden, als hätten sie nie geweht. Wäre nicht die salzige Kruste gewesen, die die Decks und Aufbauten überzog, und die Dünung, die noch stundenlang nach Stürmen anhält, so hätte alles wie ein Traum gewesen sein können.

»Morgen, Johnny. Ziemliche Veränderung, nicht wahr?« Findhorns leise Stimme, dicht hinter ihm auf der Kommandobrücke, ließ Nicolson herumfahren.

»Morgen, Käpt'n.«

Findhorn hatte kaum drei Stunden geschlafen, aber er sah aus, als hätte er mindestens acht Stunden ausgeruht.

»Irgendwas Besonderes?« fragte der Kapitän.

»Keine Vorkommnisse.«

»Und unsere nichtzahlenden Gäste?«

»Etwas seekrank.«

»Van Effen, Ihr spezieller Freund?«

»Saß die ganze Nacht in der Messe, um Siran und seine Genossen mit seiner Pistole in Schach zu halten. Scheint doch ein erstaunlicher Mann zu sein. Glaube, ich habe mich in ihm getäuscht, Sir«, sagte Nicolson.

Findhorn nahm es zur Kenntnis, ohne etwas zu sagen. Er fragte: »Und Miß Drachmann?«

»Ein erstaunliches Mädchen, Sir. Ich würde die ganze nichtzahlende Bande — einschließlich des Brigadiers und van Effens — eintauschen gegen dieses Mädchen.«

»Eine schreckliche Sache«, sagte Findhorn. »Wie grauenhaft haben die Japaner ihr Gesicht zugerichtet.« Seine Augen sahen Nicolson scharf an. »Wieviel war eigentlich wahr von dem, was Sie ihr gestern abend erzählten?«

»Sie meinen, was die Chirurgen für sie tun können?«

»Ja.«

»Nicht viel, Sir.«

»Ja, zum Teufel, Mann — dann hatten Sie aber kein Recht dazu, dem Mädchen das einzureden.«

»Iß und trink und sei guter Dinge«, sagte Nicolson. »Glauben Sie denn im Ernst, daß wir England jemals wiedersehen, Sir?«

Findhorn sah ihn lange an, die buschigen Augenbrauen zusammengezogen, dann nickte er langsam und sah beiseite.

»Komisch, daß man immer noch so reagiert, als wäre Friede und alles normal«, sagte er leise. »Tut mir leid, Johnny, seien Sie mir nicht böse. Und unsere alte Dame, die Miß Plenderleith?«

»Hat heute nacht einen Besucher in ihrer Kabine empfangen, Sir — einen Mann.«

»Was? Hat sie Ihnen das vielleicht auch noch selbst erzählt?«

»Nein, Walters, der Funker. War auf dem Weg vom oder zum Waschraum und sah einen Mann aus ihrer Kabine kommen.«

»Ein nächtliches Stelldichein bei Miß Plenderleith?« Findhorn hatte sich noch immer nicht ganz von seinem Erstaunen erholt. »Und ich hätte gedacht, die würde sich in so einem Fall die Lunge aus dem Hals schreien.«

»Nein, die doch nicht!« Nicolson grinste und schüttelte energisch den Kopf. »Sie ist eine Säule der Ehrbarkeit. Sie würde jeden nächtlichen Besucher hereinholen, ihm mit vorgehaltenem Zeigefinger die Leviten lesen und ihn dann als geläuterten Menschen wieder entlassen.«

»Hat Walters irgendeine Ahnung, wer der nächtliche Besucher war?«

»Nicht die geringste. Er sagte, er sei auch selber viel zu

schläfrig und zu müde gewesen, um sich irgendwelche Gedanken zu machen.«

Findhorn nahm seine weiße Mütze vom Kopf und wischte sich mit einem blütenweißen Taschentuch über die Stirn. Er schwieg eine Weile, während seine Augen den wolkenlosen Horizont absuchten. Dann fuhr er unvermittelt fort:

»Ein wunderschöner Tag heute.«

»Ein wunderschöner Tag, um zu sterben«, sagte Nicolson düster. Dann erhaschte er einen Blick des Kapitäns und lächelte. »Die Zeit wird lang, wenn man wartet. Aber die Japaner sind höfliche Leute — Sie brauchen nur Miß Drachmann zu fragen. Ich denke jedoch nicht, daß sie uns noch lange warten lassen werden.«

Die ›Viroma‹ schlingerte auf südöstlichem Kurs unter einem leeren Himmel. Nur diesen Tag überleben, dachte Kapitän Findhorn. Wir machen gute Fahrt — die Karinata-Straße — dann der Schutz der Dunkelheit der nächsten Nacht — das Java-Meer — und dann konnten sie auf Heimkehr hoffen ...

Vierundzwanzig Minuten nach zwölf Uhr war es mit dieser Hoffnung vorbei. Eine stechende, brennende Sonne stand fast senkrecht über der ›Viroma‹.

Einer der Kanoniere an den Flakgeschützen hatte ihn zuerst gesehen: einen winzigen, schwarzen Punkt in weiter Ferne am Südwesthimmel. Immer klarer zeichnete sich dieser Punkt im flirrenden Dunst ab, bis der Umriß des Rumpfs und der Flügel deutlich zu erkennen war. Ein japanisches Flugzeug, zusätzlich mit Benzintanks für Langstreckenflug.

Die Maschine kam gleichmäßig dröhnend näher, verlor von Sekunde zu Sekunde an Höhe und hielt genau auf sie zu. Aber in einer Entfernung von etwa einer Meile drehte der Pilot scharf nach Steuerbord und begann, das Schiff in einer Höhe von rund einhundertfünfzig Metern zu umkreisen. Er machte keinerlei Anstalten, anzugreifen, und von der ›Viroma‹ fiel kein Schuß.

Fast zehn Minuten umkreiste die Maschine das Schiff. Dann kamen aus südwestlicher Richtung zwei weitere Maschinen, gleichfalls Jagdflugzeuge. Zweimal umkreisten sie zu dritt das Schiff, dann löste sich die erste Maschine aus dem Verband und überflog die ›Viroma‹ in einer Höhe von knapp hundert Metern zweimal von vorn nach achtern.

Der Pilot hatte das Dach der Kanzel zurückgeschoben, so daß man von der Brücke aus sein Gesicht sehen konnte, jedenfalls das wenige, was davon unter dem Helm, der Schutzbrille und dem Mikrophon des Sprechfunks zu sehen war.

Dann zog er in einer scharfen Kurve davon und flog zu den anderen zurück. Innerhalb von Sekunden hatten sie sich wieder zum Verband formiert, tippten dreimal ironisch grüßend die Flügel und flogen in nordwestlicher Richtung davon.

Nicolson drehte sich zu Findhorn herum. »Der Bursche hat keine Ahnung, was er für Glück hatte.« Er zeigte auf die Flakgeschütze an Deck der ›Viroma‹. »Sogar Knallerbsenverkäufer hätten Kleinholz aus ihm machen können.«

»Ich weiß, ich weiß.« Mit düsterer Miene starrte Findhorn den entschwundenen Maschinen nach. »Was wäre gewonnen, Johnny? Wir hätten nur wertvolle Munition vergeudet. Er hat längst unsere Position, Kurs und Geschwindigkeit seiner Leitstelle durchgegeben, ehe er uns zu nahe kam.«

Findhorn setzte das Fernglas ab und wandte sich um, langsam und schwer. »Bleibt nur eine Hoffnung«, fuhr er fort, »unseren Kurs zu ändern. Bitte, gehen Sie auf 200 Grad, Nicolson. Besser, irgend etwas tun als nichts, auch wenn es letzten Endes sinnlos ist.«

Über Findhorns Stimme lag ein Schatten von Müdigkeit, als er fortfuhr: »Tut mir leid, Johnny, tut mir leid um das Mädchen und um all die anderen. Sie werden uns erwischen. Sie haben die ›Prince of Wales‹ und die ›Repulse‹ erwischt — uns werden sie massakrieren. In etwas mehr als einer Stunde werden sie da sein.«

»Warum dann noch den Kurs ändern, Sir?«

»Vielleicht dauert es dann zehn Minuten länger, bis sie uns ausgemacht haben. Eine Geste, mein Junge. Sinnlos, ich weiß, dennoch wenigstens eine Geste.«

Sie sahen einander eine Weile schweigend an, dann sagte der Kapitän: »Der sicherste Raum ist die Pantry. Bringen Sie unsere nichtzahlenden Passagiere dorthin, Johnny.«

»Sicher ist gut«, sagte Nicolson und verschwand. Zehn Minuten später stand er wieder auf der Brücke neben dem Kapitän.

»Alle versorgt?« fragte Findhorn.

»Beinahe. Der alte Farnholme wollte zuerst nicht. Doch als ich ihm klarmachte, die Pantry sei der einzige Raum über Deck ohne Außenwand, aus stählernen Platten statt der üblichen hölzernen Wände, außerdem vorn und achtern mit doppelten — und an beiden Seiten mit dreifachen Schutzwänden ausgestattet, da war er drüben wie ein geölter Blitz.«

Findhorn schüttelte den Kopf. »Unsere tapfere Armee«, sagte er. »Colonel Bumm, immer an der Spitze seiner Truppe — nur nicht, wenn scharf geschossen wird. Schmeckt mir gar nicht, Johnny, und paßt auch nicht zu diesem Typ.«

»Verstehe es auch nicht ganz, Sir. Mir scheint, er macht sich über irgend etwas Sorgen, sehr heftige Sorgen. Er mußte einen ganz bestimmten Grund haben, so schnell in Deckung zu gehen. Hatte aber meiner Meinung nach nichts damit zu tun, daß er etwa darauf bedacht wäre, das eigene Fell zu retten.«

»Vielleicht haben Sie recht.« Findhorn zog die Schultern hoch. »Und van Effen?« fragte er.

»War nicht zu bewegen, die Messe zu verlassen. Sitzt immer noch da, wie in der Nacht, um Siran und seine Genossen in Schach zu halten.«

»Wirklich ein erstaunlicher Mann, Johnny, habe es — glaube ich — schon einmal gesagt, kann es nur wiederholen.«

Dann aber schob Findhorn die Lippe vor: »Paßt mir eigentlich nicht. Die Messe ist völlig ungeschützt gegen jeden Luftangriff von vorn. Eine kleine Granate würden nicht einmal die Rolläden an den Fenstern zur Kenntnis nehmen.«

Nicolson zuckte nur die Schultern. Seine kalten blauen Augen waren völlig gleichgültig.

Mit seinem Glas suchte er den von der Sonne verschleierten Horizont im Norden ab.

Zwölf Minuten nach zwei Uhr erschienen die Japaner erneut, und zwar mit einer gewaltigen Streitmacht. Drei oder vier Maschinen hätten genügt — die Japaner kamen mit fünfzig.

Von dem Augenblick an, in dem der erste Jäger in Deckhöhe heranbrauste und die Geschosse aus seinen beiden Bordkanonen in die Brücke schlugen, bis das letzte Torpedoflugzeug hochzog und abdrehte, um vom Luftdruck der Detonation seines eigenen Torpedos wegzukommen, vergingen nicht mehr als drei Minuten. Doch es waren drei Minuten, die aus der ›Viroma‹, dem modernsten Schiff der Anglo-Arabischen Tankerflotte, aus zwölftausend Tonnen makellosen Stahls, einen zerschlagenen, rauchenden Trümmerhaufen machten. Ein

Schiff, dessen Maschinenraum zerstört war, und von dessen Besatzung fast alle im Sterben lagen oder tot waren.

Ein Massaker, erbarmungslos, unmenschlich. Aber ein Massaker, das nicht in erster Linie dem Schiff galt, sondern den Männern seiner Besatzung. Die Japaner, die offenbar nach sehr genauen Befehlen operierten, hatten diese Befehle ausgeführt — und zwar brillant. Sie hatten ihre Angriffe auf den Maschinenraum, die Brücke, das Vorschiff und die Geschütze konzentriert.

Findhorn und Nicolson lagen flach am Boden hinter den stählernen Schotten des Ruderhauses. Sie waren noch halb betäubt vom Luftdruck und der Erschütterung der Detonationen. Aber sie begriffen dunkel, was dieser Angriff zu bedeuten hatte. Die Japaner hatten gar nicht die Absicht, die ›Viroma‹ zu versenken. Sie wollten nur die Besatzung vernichten, das Schiff aber schonen. Wenn von der Besatzung der ›Viroma‹ niemand mehr am Leben war, um das schwer angeschlagene Schiff in die Luft zu sprengen oder die Bodenventile zu öffnen, dann fielen ihnen zehntausend Tonnen Öl in die Hände: Millionen von Litern Treibstoff für ihre Schiffe, Panzer und Flugzeuge.

So jedenfalls dachten Findhorn und Nicolson in ihrer Deckung hinter dem Ruderhaus.

Nicolson richtete sich mühsam auf Hände und Knie auf, griff nach der Klinke der Windschutztür — und ließ sich im nächsten Augenblick wie ein Stein zu Boden fallen, als dicht über seinem Kopf weitere Granaten hinwegpfiffen. Er fluchte leise. Wie konnte er nur so dumm sein, sich einzubilden, die Japaner seien bis auf die letzte Maschine wieder nach Hause geflogen? Es war doch selbstverständlich, daß einige um die ›Viroma‹ kreisen würden, um jeden Überlebenden, der sich an Deck zeigte, abzuschießen.

Er blieb in Deckung. Nach langer Zeit richtete er sich langsam auf, und dann sah er etwas, was die Wachsamkeit der japanischen Maschinen, die am Himmel lauerten, sinnlos machte.

Ihre Bomben und Torpedos fielen präzise, dachte er. Aber dennoch, — sie haben sich verrechnet. Sie konnten nicht wissen, daß der vordere Laderaum und das darunterliegende Zwischendeck voll waren, gerammelt voll von Fässern mit vielen tausend Litern hochexplosiven Flugzeugbenzins.

Und diese Fässer brannten. Die Flammen schlugen mehr als

fünfzig Meter hoch in den Himmel, eine riesige Glutsäule, fast weiß und ohne jeden Rauch. Unten im Laderaum explodierten weitere Fässer — und das war nur der Anfang, darüber war sich Nicolson klar.

Schon spürte er die Hitze des Brandes sengend auf seiner Stirn. Wieviel Zeit blieb ihm noch, ihm und denen, die auf der ›Viroma‹ noch lebten? Vielleicht nur zwei Minuten, vielleicht auch zwanzig. Aber bestimmt nicht mehr als zwanzig Minuten...

Der Kapitän saß auf der anderen Seite der Brücke, mit dem Rücken gegen das Schott, die Hände rechts und links auf das Deck gestützt, und schaute zu ihm hinüber. Nicolson sah ihn mit plötzlicher Sorge an.

»Sind Sie in Ordnung, Sir?«

Findhorn nickte und setzte zum Sprechen an. Doch es kamen keine Worte, nur ein sonderbares, rasselndes Husten. Und plötzlich stand auf seinen Lippen heller Blutschaum. Blut rann das Kinn herunter. Blut tropfte langsam auf sein frisches, blütenweißes Hemd.

Nicolson vergaß jede Vorsicht, im nächsten Augenblick war er hoch und fiel wenige Meter weiter vor dem Kapitän auf die Knie.

Findhorn lächelte und wollte etwas sagen. Doch es wurde wieder nur ein Husten... und noch mehr Blut, hellrotes Blut. Die Augen des Kapitäns waren matt und verglast.

Nicolson suchte überall nach der Wunde. Zunächst konnte er nichts entdecken, doch dann sah er es plötzlich. Wie klein so ein Loch ist, dachte Nicolson im ersten Schreck — und wie harmlos sieht es aus. Fast genau in der Mitte der Brust war das Loch. Es saß ungefähr zwei oder drei Zentimeter links vom Brustbein und fünf Zentimeter über dem Herzen...

Vorsichtig nahm Nicolson den Kapitän bei den Schultern. Und schon holte McKinnon, der Bootsmann, sein Messer aus der Tasche, schlitzte das Hemd des Kapitäns hinten auf dem Rücken auf, sah Nicolson an und schüttelte den Kopf.

»Erfolglos, meine Herren, wie?« Findhorns Stimme war nur ein mühsames Röcheln, ein Kampf gegen das Blut, das in seiner Kehle hochstieg.

»Haben Sie Schmerzen, Sir?« wich Nicolson der Frage seines Kapitäns aus.

»Nein.« Findhorn schloß für einen Moment die Augen,

dann schlug er sie wieder auf. »Bitte beantworten Sie meine Frage: Ist es ein Durchschuß?«

»Nein, Sir.« Nicolsons Stimme war sachlich, fast klinisch. »Das Geschoß muß wohl die Lunge angekratzt haben und hinten in den Rippen steckengeblieben sein. Wir werden es 'rausholen müssen, Sir.«

»Ich danke Ihnen. Das Rausholen werden wir verschieben müssen, Johnny. Aber wie steht es mit dem Schiff?«

»Es sinkt«, sagte Nicolson. Er zeigte mit dem Daumen über die Schulter. »Sie können die Flammen selbst sehen, Sir. Fünfzehn Minuten noch, wenn wir Glück haben. Sie gestatten, daß ich nach unten gehe, Sir?«

»Aber natürlich. Selbstverständlich. Wo habe ich denn meine Gedanken?« Findhorn lehnte sich erschöpft gegen das Schott und schaute mit einem halben Lächeln zu McKinnon hinauf. Dann drehte er den Kopf zur Seite, um etwas zu Nicolson zu sagen. Doch Nicolson war schon verschwunden.

Er ging durch die Tür auf der Steuerbordseite in die Messe. Als er hineinkam, sah er van Effen neben der Tür auf dem Boden sitzen, die Pistole in der Hand, unverletzt.

»Ziemlich viel Lärm, Mister Nicolson«, sagte van Effen. »Ist es vorbei?«

»Mehr oder weniger. Mit dem Schiff jedenfalls. Leider. Es sind noch zwei oder drei Jäger draußen, die auf den letzten Blutstropfen warten. Irgendwelchen Ärger gehabt?«

»Mit denen da?« Van Effen ließ den Lauf seiner Pistole verächtlich über die Crew der ›Kerry Dancer‹ gleiten. »Nein, Mister Nicolson, die haben zuviel Angst um ihr eigenes Leben.«

»Irgendeiner verletzt?«

Van Effen schüttelte bedauernd den Kopf: »Der Teufel meint es gut mit den Seinen.«

»Schade.« Nicolson schwieg, dann gab er van Effen die Hand. »Nehmen Sie mir's nicht übel«, sagte er, »das gestern nacht mit der Pistole. Sind alle mit den Nerven am Ende.«

»Schon gut«, sagte van Effen. »Irgendwelche Befehle, Mister Nicolson?«

»Befehle? Nein. Aber vielleicht bringen Sie diese Kerle inzwischen nach oben.«

Drei Sekunden später war Nicolson aus der Messe und stand vor der Tür zur Pantry, zur Speisekammer. Die Klinke ließ sich herunterdrücken, aber die Tür ging nicht auf — möglicherweise abgeschlossen, noch wahrscheinlicher aber verklemmt. Er nahm die Feuerwehraxt, die an der Wand hing, schwang sie erbittert gegen das Schloß — beim dritten Schlag sprang es auf.

Rauch, Brandgeruch, ein Trümmerfeld zerschlagenen Geschirrs — das war die Speisekammer.

»Miß Drachmann?« rief Nicolson in das Halbdunkel.

»Ja.«

Eine Gestalt erhob sich vom Boden, in den Armen ein kleines Kind, schwankend, zu Tode erschöpft. Für eine Sekunde lehnte sie sich gegen Nicolson, dann sagte sie: »Sie sind alle unverletzt.«

»Gott sei Dank.« Er versuchte das Zittern in seiner Stimme zu unterdrücken, als er sagte: »Gehen Sie alle nach draußen — auf den Gang, bitte!«

»Nehme an, wir machen einen kleinen Ausflug... in die Rettungsboote... falls es noch welche gibt.« Die Stimme kam aus dem Hintergrund. Neben dem Eisschrank stand Miß Plenderleith, einen schwarzen Koffer in der Hand.

»Es gibt noch welche, Miß Plenderleith«, antwortete Nicolson, als ihm Whiskygeruch entgegenschlug. »Verdammt, Brigadier, können Sie das Saufen auch jetzt nicht lassen?« Farnholme lachte nur und schwieg. An seiner Stelle antwortete Miß Plenderleith:

»Junger Mann«, sagte sie, »Sie sollten keine voreiligen Schlüsse ziehen, besonders keine falschen.«

»Raus jetzt«, polterte Nicolson. Auf dem Gang kam ihm Walters, der Funker, entgegen. »Nichts abgekriegt?«

»Persönlich nicht, aber die Funkbude ist zu Bruch gegangen, Sir.«

»Egal, die brauchen wir nicht mehr, Walters. Bringen Sie unsere Gäste nach oben auf den Gang — aber nicht an Deck!«

Und schon raste er weiter, stand dann auf der eisernen Leiter und sah aufs Hauptdeck nach achtern. In diesem Augenblick schoß mit einer gewaltigen Explosion eine riesige Flamme zum Himmel.

Nicolson wußte sofort: was da soeben in Flammen aufgegangaen war, das war Tank Nummer eins, rund eine Million Liter Treiböl. Und dann hörte Nicolson durch das Donnern der Flammen ein anderes, noch tödlicheres Geräusch — das Aufheulen eines Flugzeugmotors. Im gleichen Augenblick sah er auch schon die Maschine, die an Steuerbord wie ein Pfeil heranschoß. Mit einem Satz sprang er durch die offene Tür zurück, während die Geschosse der Bordkanone da einschlugen und detonierten, wo er noch zwei Sekunden vorher gestanden hatte.

Nicolson schaute den Gang entlang nach vorn. Siran und seine Männer standen am Fuße der Leiter — aber ohne van Effen. Nicolson war mit ein paar Sätzen bei Siran: »Wo ist van Effen?«

Siran zog die Schultern hoch, verzog die Lippen zu einem Grinsen und schwieg. Nicolson zog seine Pistole, stieß sie ihm in den Bauch, worauf das Lächeln aus dem braunen Gesicht verschwand.

»Er ist nach oben gegangen«, sagte er zögernd, »vor einer Minute.«

Nicolson sprang nach oben und ging durch den Kartenraum ins Ruderhaus. Der Bootsmann McKinnon saß noch neben Findhorn, dem Kapitän.

»Haben Sie van Effen gesehen?« fragte Nicolson.

»War vor einer knappen Minute hier. Er ist nach oben aufs Dach gegangen.«

»Nach oben... verdammt... da hat er nichts verloren... hatte Befehl, auf Siran und seine Leute aufzupassen..«

Er wandte sich an den Kapitän: »Rettungsboot Nr 1 und 2 sind in Ordnung, Sir.«

Findhorn nickte müde mit dem Kopf, leise und mühsam kamen seine Worte: »Geben Sie die Befehle, die Sie für richtig halten, Nicolson.«

In diesem Augenblick sah Nicolson van Effen auf der Eisenleiter nach oben zum Dach klettern. »He«, schrie er, »'runter mit Ihnen... herunter von da droben...«

Van Effen schien es nicht gehört zu haben, er verschwand. Drei Jagdflugzeuge umkreisten die brennende ›Viroma‹, sie schienen sich zu einem neuen, letzten Angriff zu formieren und kamen genau auf die Aufbauten mittschiffs zu.

»Volle Deckung«, schrie Nicolson. Alle, auch der Kapitän, preßten sich flach auf den Boden, aber es gab nichts, was sie schützen konnte. Sie lagen da, warteten auf die Granaten, die jeden Augenblick ihre Rücken zerschmettern würden. Näher kam das Dröhnen der Maschinen...

Doch in der nächsten Sekunde waren sie im Tiefflug vorübergebraust. Nicht ein Schuß war gefallen.

Nicolson schüttelte den Kopf. Betäubt, ungläubig, richtete er sich langsam auf. Er konnte es nicht fassen. Er wandte sich um, als er eine Hand auf seiner Schulter fühlte. Es war van Effen.

»Wollte nur nachsehen, ob da oben vielleicht noch ein Verletzter liegt«, sagte van Effen.

»Sie sind nicht nur ein verdammter Idiot, sondern Sie hatten auch unverschämtes Schwein, daß die Japaner Sie nicht entdeckt haben.«

Van Effen lächelte. »Ja, Idioten haben immer ... oder fast immer Schwein«, sagte er.

Die Flammen prasselten, die Hitze wurde immer unerträglicher. Innerhalb von fünf Minuten waren die beiden noch verwendbaren Rettungsboote verproviantiert und klar zum Einschiffen. Alle Überlebenden einschließlich der Verwundeten, waren auf dem Bootsdeck versammelt und warteten. Nicolson sah den Kapitän, der auf einer Tragbahre lag, an.

»Wir sind soweit, Sir.«

Findhorn lächelte schwach. Auch das schien für ihn eine Anstrengung zu sein; denn das Lächeln endete in einer schmerzlichen Grimasse.

»Das Kommando haben Sie, mein Junge!«

Er mußte husten, schloß die Augen, und blickte dann sorgenvoll nach oben. »Die Flugzeuge, Nicolson, könnten Kleinholz aus uns machen, während wir die Boote zu Wasser lassen.«

Nicolson zuckte mit den Schultern: »Wir haben keine andeer Wahl, Sir.«

»Sie haben recht!« Findhorn ließ sich zurücksinken.

»Die Flugzeuge werden uns keine Schwierigkeiten machen!« Es war van Effen, der es gesagt hatte. Er schien seiner Sache ganz sicher zu sein. Er sagte es wie ein Mann, der mehr wußte als alle anderen an Bord der untergehenden ›Viroma‹. Und er wiederholte es noch einmal: »Die Flugzeuge werden uns bestimmt keine Schwierigkeiten machen!«

4

Ein Mann, der sich van Effen nannte, von dem niemand wußte, daß er der Oberstleutnant der deutschen Abwehr Alexis von Effen war, stand an Deck der untergehenden ›Viroma‹. Die

Flammen, die aus den Öltanks schlugen, beleuchteten sein Gesicht. Jede Sekunde konnte der Tanker explodieren und in die Luft fliegen. Er aber, der Holländer, stand da und lächelte. Und noch einmal wiederholte er:

»Die japanischen Flugzeuge werden uns bestimmt keine Schwierigkeiten mehr machen.«

Er sagte es zum Kapitän der ›Viroma‹, der mit zerschossener Lunge auf einer Tragbahre lag. Er sagte es zum Ersten Offizier Nicolson, dem der Kapitän das Kommando übertragen hatte.

Nur zu einem sagte er es nicht: zum englischen Brigadier Foster Farnholme, der neben den Rettungsbooten stand.

»Warum sollen uns plötzlich die japanischen Flugzeuge verschonen?« fragte Nicolson. Er begriff den Holländer nicht. Er starrte ihn ungläubig an.

»Es gäbe viele Erklärungen dafür, Mister Nicolson. Doch ich glaube, die Zeit drängt.«

Er sagte es und sah zu den glutroten Flammen, die aus dem Bauch der ›Viroma‹ in den blauen Himmel schossen, mit einem heimtückischen, zischenden Geräusch — dem Geräusch, das eine Zündschnur versengt. Millimeter um Millimeter, um plötzlich die tödliche letzte Explosion auszulösen.

»Ja, die Zeit drängt«, sagte Nicolson und ballte die Fäuste.

Ein dumpfes Dröhnen hallte durch das ganze Schiff. Die ›Viroma‹ schwankte und senkte sich nach achtern. Nicolson griff nach einer Tür, um das Gleichgewicht nicht zu verlieren. Er sah van Effen mit einem schwachen Lächeln an.

»Sie haben recht, van Effen. Die Zeit drängt in der Tat.« Dann wandte er sich zu den anderen und sagte sehr laut: »Also — alles in die Boote!«

Kaum drei Minuten nach dem Befehl waren beide Boote zu Wasser gelassen. Das Rettungsboot an Backbord, in dem nur Siran und seine sechs Leute saßen, war zuerst unten.

Weniger als eine Minute später rutschte Nicolson, der als letzter von Bord des verlorenen Tankers ging, an der geknoteten Rettungsleine nach unten in das bereits schwimmende zweite Rettungsboot. Es war bis zum Rand vollgepackt mit Passagieren und Ausrüstung.

In einem Bogen umsteuerten sie den Bug der ›Viroma‹. Obwohl zwischen ihrem Boot und dem Tanker schon sechzig Meter Wasserfläche lagen, war die Hitze der Flammen doch schon so groß, daß sie ihnen in die Augen stach und in der Kehle brannte. Als Nicolson nach dem zweiten Rettungsboot sah, stellte er fest, daß es kaum zwanzig Meter von der ›Viroma‹ entfernt war.

»Die beste und einfachste Art, Siran und seine Spießgesellen loszuwerden«, sagte van Effen. »Wenn Sie denen keine Rettungsleine zuwerfen, reißt sie der Sog der ›Viroma‹ in die Tiefe.«

Nicolson sah van Effen aus zusammengekniffenen Augen an. Auch Kapitän Findhorn versuchte sich auf seiner Tragbahre mühsam aufzurichten — vergeblich.

»Wäre Ihnen wohl lieber als ein ordentliches Gerichtsverfahren, wie?« fragte Nicolson den Holländer.

»Mir? Von mir ist nicht die Rede. Nur — wir haben einen weiten Weg nach Australien. Dort wollten Sie doch Siran den Prozeß machen —oder? Und zwischen hier und Australien könnte immerhin noch einiges passieren.«

Eine Weile noch musterte Nicolson den Holländer. Dann gab er dem Bootsmann McKinnon den Befehl:

»Die Leine!«

McKinnon ließ die zusammengerollte Leine gekonnt über das Wasser schnellen. Siran fing das Ende auf und machte es an der Mastducht fest. Und schon straffte sich die Leine, das Rettungsboot Nicolsons begann Siran und seine Leute von der gefährlichen Bordwand der ›Viroma‹ klarzuschleppen.

»Ein Bravo der Moral auf See«, sagte van Effen. »Wer im Rettungsboot sitzt, wird gerettet — und sei er der gefährlichste Gangster auf Erden.«

Nicolson schien es nicht gehört zu haben. Schon lagen runde fünfhundert Meter zwischen dem Tanker und den Rettungsbooten. Auf der ›Viroma‹ wuchsen die Flammentürme vom Vorschiff und vom Heck einander entgegen. Findhorn, der sich mit letzter Kraft auf seiner Bahre umgedreht hatte, sah zu, wie sein Schiff starb. Er wußte, wenn die beiden Flammensäulen einander berührten, war das Ende da. Und so war es dann auch.

Der Tod kam gedämpft, fast lautlos. Eine riesige weiße Flammensäule stieg auf, hob sich über hundert Meter hoch in den Himmel und verschwand so plötzlich, wie sie gekommen war. Die ›Viroma‹ glitt sacht unter den Meeresspiegel, ohne Schlagseite, ein müdes, schwerverwundetes Schiff, das ausgehalten hatte, solange es konnte, und froh war, sich zur Ruhe zu legen.

Dann stiegen ein paar Blasen aus der See und dann kam nichts mehr. Keine schwimmenden Planken, kein Treibgut auf dem öligen Wasser, überhaupt nichts. Es war, als hätte es die ›Viroma‹ nie gegeben.

Kapitän Findhorn wandte den Kopf ab und sah Nicolson an. Sein Gesicht war wie versteinert, die Augen aber waren trocken, ja, ohne jeden Ausdruck. Fast alle im Rettungsboot schauten ihn an, offen oder heimlich. Er aber schien es nicht zu bemerken: ein Mann, versunken in völliger Gleichgültigkeit.

»Unveränderten Kurs, Nicolson, bitte!« Seine Stimme war leise und heiser, aber das lag nur an dem Blut auf den Lippen und an der Schwäche seines Herzens. »Zweihundert Grad, wenn ich mich noch recht erinnere«, fuhr er ebenso leise fort. »Unser Ziel bleibt das gleiche. In etwas mehr als zwölf Stunden müßten wir den Macclesfield-Kanal erreichen.«

Er ließ sich zurücksinken und schloß, wie in abgrundtiefer Erschöpfung, die Augen. Am Himmel kurvten einige japanische Jagdflugzeuge.

Aber ihre Piloten griffen nicht an. Sie kreisten nur, als ginge sie alles, was da unten auf den Wellen geschah, nicht das geringste an.

Nicolson warf einen erstaunten Blick auf van Effen, der scheinbar teilnahmslos im Rettungsboot saß. »Man könnte fast annehmen, Sie seien Hellseher«, sagte er. »Von den Flugzeugen scheinen wir wirklich nichts mehr befürchten zu müssen.«

Van Effen schüttelte den Kopf. »Hat nichts mit Hellsehen zu tun, Mister Nicolson. Man muß nur etwas kombinieren können...«

»Wie meinen Sie das... kombinieren können...?«

Aber Nicolson wartete umsonst auf eine Antwort.

Stunden vergingen, endlose Stunden. Vom blauen windstillen Himmel brannte sengend die tropische Sonne. Gleichmäßig tuckerte das Rettungsboot Nummer eins auf südlichem Kurs und schleppte das andere Boot hinter sich her.

Nicolson hatte beide Segel als Sonnenschutz ausgebracht, doch auch unter diesem Schutzdach war die Hitze noch erdrückend, um fünfunddreißig Grad. Die Passagiere konnten nichts weiter tun als im Schatten der Segel matt und schlaff herumzuliegen oder zu sitzen, zu leiden und zu schwitzen – und zu beten, daß endlich die Sonne untergehen möge.

Nicolson saß hinten auf der Ruderbank und schaute auf die siebzehn Leute in seinem Rettungsboot: die Überlebenden der Besatzung der ›Viroma‹, den undurchsichtigen van Effen, den nie nüchternen Brigadier Farnholme, die bewundernswürdige alte Dame Miß Plenderleith, einige Verwundete, deren Namen er kaum kannte. Aber am längsten sah er Miß Drachmann an, die das kleine Kind auf den Armen hielt, um das sie sich seit der Ausfahrt mit der ›Kerry Dancer‹ aus Singapur kümmerte. Immer aber, wenn Miß Drachmann fühlte, daß Nicolson sie ansah, drehte sie ihr Gesicht so, daß der Erste Offizier der untergegangenen ›Viroma‹ die entstellende Narbe auf ihrer Wange nicht sehen konnte.

Ein unbrauchbarer Haufen, aber sie benehmen sich alle großartig, dachte Nicolson. Sie benehmen sich großartig, obwohl sie alle wissen, daß die Japaner mit uns Katz und Maus spielen.

Er hatte es kaum zu Ende gedacht, als McKinnon den Ersten Offizier an der Schulter rüttelte: »Maschine im Anflug, Sir. Backbord querab – ziemlich nah!«

Nicolson warf ihm aus plötzlich schmal gewordenen Augen einen raschen Blick zu, beugte sich vor und starrte unter dem Sonnensegel hinaus nach Westen. Im gleichen Augenblick hatte er die Maschine auch schon entdeckt: Sie war höchstens zwei Meilen von ihnen entfernt und flog ungefähr dreihundert Meter hoch.

Nicolson zog den Kopf wieder zurück und warf einen Blick auf den Kapitän. Findhorn lag auf der Seite, entweder schlafend oder ohnmächtig. Was es war zu entscheiden, dafür blieb nun keine Zeit.

»Nehmen Sie das Segel herunter!« befahl er McKinnon.

Aus dem Heck des Bootes holte er Waffen und verteilte sie: an Brigadier Farnholme, van Effen, den Funker Walters und den Bootsmann McKinnon.

Farnholme hielt einen automatischen Karabiner in Händen. »Können Sie damit umgehen, Sir?« fragte ihn Nicolson.

»Das will ich meinen«, antwortete Farnholme, und schon hatte er den Karabiner mit einer schnellen, fachmännischen Bewegung gespannt, nahm ihn fast zärtlich in die Arme, legte an und sah mit begierigen Augen dem sich nähernden Flugzeug entgegen. Von einer Sekunde zur andern war dies ein völlig anderer Farnholme, als Nicolson ihn bisher gekannt hatte. Der Brigadier, der immer nach Whisky roch, der auf seinem schwarzen Koffer wie auf der kostbarsten Sache auf Erden saß, wurde ihm noch rätselhafter, rätselhaft wie der andere im Rettungsboot, der van Effen hieß. Aber es war jetzt keine Zeit, darüber nachzudenken.

»Nehmen Sie die Knarre 'runter!« befahl Nicolson scharf. »Sie alle — und halten Sie die Gewehre so, daß man sie nicht sieht. Die anderen legen sich flach ins Boot, so tief wie möglich.«

Die Maschine, ein sonderbar aussehendes Wasserflugzeug, hielt genau auf die beiden Boote zu, ging in die Kurve und begann sie zu umkreisen. Nicolson beobachtete sie durch sein Glas. An ihrem Rumpf erglänzte das Emblem der aufgehenden Sonne.

Dann fielen ihm die Jäger ein, die gleichgültig am Himmel ihre Kreise gezogen hatten, als sie von Bord der brennenden ›Viroma‹ gegangen waren — und plötzlich wurde ein Gedanke in ihm zur Gewißheit.

»Sie können die Gewehre beiseite legen«, sagte er ruhig. »Und alle können sich wieder auf die Bänke setzen. Dieser komische Knabe da droben trachtet uns nicht nach dem Leben. Wenn die Japaner wirklich die Absicht hätten, uns fertigzumachen, hätten sie nicht diesen alten Droschkengaul geschickt.«

»Das scheint mir nicht ganz sicher«, widersprach Farnholme und visierte die Maschine über Kimme und Korn an. »Ich traue diesen gelben Brüdern nicht über den Weg!«

»Wir trauen ihnen allen nicht«, antwortete Nicolson. »Aber ich vermute, sie haben es zwar auf uns abgesehen, wollen uns jedoch lebend haben. Der Himmel mag wissen, warum.«

»Ganz meine Meinung«, sagte van Effen mit unbewegtem Gesicht und legte sein Gewehr weg. »Diese Maschine hält nur Fühlung mit uns«, fuhr er fort und sah dabei den Brigadier unverwandt an. »Aber sie wird uns nichts tun, da können Sie ganz unbesorgt sein.«

»Vielleicht — vielleicht auch nicht«, sagte Farnholme und hob den Karabiner wieder an die Wange. »Verpassen kann ich dem Burschen trotzdem eins. Schließlich ist er ein Feind — oder nicht? Ein Schuß in seinen Motor...«

»Sie benehmen sich wie ein Idiot, Forster Farnholme«, kam plötzlich die scharfe und kalte Stimme der Miß Plenderleith. »Legen Sie augenblicklich das Gewehr aus der Hand!«

»Aber hören Sie mal, Constance« — die Stimme des Brigadiers klang halb wütend, halb besänftigend —, »Sie haben kein Recht...«

»Ich verbiete Ihnen, mich Constance zu nennen«, sagte die alte Dame eisig. »Und jetzt legen Sie das Gewehr weg!«

Nicolson hatte Mühe, ernst zu bleiben. »Sie und der Brigadier — Sie kennen sich wohl schon ziemlich lange?« fragte er.

»Wenn der eine den Vornamen des andern kennt...«

Der eiskalte Blick der alten Dame traf Nicolson für den Bruchteil einer Sekunde. Dann preßte sie die Lippen zusammen und nickte: »Ja, sehr lange, viel zu lange für meinen Geschmack... und fast immer betrunken...«

»Aber Madam!« Farnholmes buschige Augenbrauen zogen sich zusammen.

»Halten Sie doch den Mund, Foster!« unterbrach sie ihn, um plötzlich zu schweigen und den Kopf abzuwenden.

Die Maschine war inzwischen höher und höher gestiegen und begann in einem weitgezogenen Kreis, vier oder fünf Meilen im Durchmesser, ihre Runden zu drehen.

»Verstehen Sie das Manöver?« Die Frage kam von Kapitän Findhorn.

»Ich dachte, Sie schliefen, Sir«, antwortete Nicolson.

»Sie haben meine Frage nicht beantwortet!«

»Verzeihung, Sir. Schwer zu sagen. Habe den Verdacht, irgendwo in der Nähe wartet ein guter Freund von ihm. Wahrscheinlich ist er höher gegangen, um ihm zu zeigen, wo wir sind. Ist natürlich nur eine Vermutung, Sir.«

»Ihre Vermutungen haben die unangenehme Eigenschaft, meist verdammt genau zuzutreffen.« Findhorn versank in Schweigen.

Eine Stunde verging, und noch immer zog das Aufklärungsflugzeug unverändert seine Kreise. Die blutrote Sonne sank rasch senkrecht hinab auf die Kimm der See, einer spiegelglatten See. Zwei winzige Inselchen, schwarz vor der untergehenden Sonne, unterbrachen den roten Glanz des Wassers. Links davon, ein kleines Stück nach Steuerbord, etwa vier Meilen in südwestlicher Richtung entfernt, begann eine niedrige, langgestreckte Insel unmerklich über die stille Oberfläche des Meeres emporzusteigen.

Kurze Zeit, nachdem sie diese Insel gesichtet hatten, verlor das Wasserflugzeug an Höhe und entfernte sich in östlicher Richtung.

»Der Wachhund scheint Feierabend zu machen, meinen Sie nicht auch, Sir? Will wahrscheinlich nach Hause und zu Bett«, sagte Vannier, der Vierte Offizier.

»Fürchte — nein«, antwortete Nicolson und starrte auf den Schatten im Meer, der noch vor Minuten wie eine Insel ausgesehen hatte. Nun wußte er, es war ein Schiff.

»Worauf tippen Sie, Johnny?« sagte plötzlich Kapitän Findhorn.

»Nur auf eins: wir kommen hier nicht durch, Sir.« Nicolson verzog das Gesicht und starrte zur Ruderbank, wo Miß Drachmann mit dem kleinen Jungen spielte. Findhorn folgte der Richtung seines Blicks und sagte leise: »Stellen Sie sich bloß mal vor, was das für eine Verkehrsstockung geben würde, wenn Sie mit diesem Mädchen nach London kämen?« Er rieb sich das mit grauen Stoppeln bedeckte Kinn.

Nicolson lächelte, aber sein Gesicht wurde von einer Sekunde zur andern wieder ernst. »Diese scheußliche Narbe ... und jetzt werden sich die gelben Brüder zum zweitenmal ...«

Findhorn ließ ihn nicht ausreden. »Vielleicht sollten wir unsere Gefangennahme doch noch ein wenig hinausschieben, wie? Die Daumenschrauben noch ein Weilchen rosten lassen? Hat doch einiges für sich, Johnny, oder ...« Er schwieg, nach einer Weile sagte er ruhig: »Mir scheint, ich sehe noch etwas, was nicht sehr angenehm ist.«

Nicolson hob das Glas an die Augen. Im Licht der untergehenden Sonne schimmerte ein Fahrzeug mit niederen Aufbauten und kaum sichtbarem Rumpf. Schweigend, mit ausdruckslosem Gesicht, gab er das Glas an Kapitän Findhorn weiter. Findhorn nahm es; als er es Nicolson zurückgab, sagte er:

»Sieht nicht so aus, als ob wir das Glück auf unserer Seite hätten. Teilen Sie es den anderen mit, bitte!«

Nicolson nickte und wandte sich um. »Tut mir leid für Sie alle, aber ich fürchte, da kommt neuer Ärger auf uns zu. Es ist ein japanisches U-Boot.«

»Und was glauben Sie, Mister Nicolson, wird geschehen?« Miß Plenderleith sprach mit so viel Beherrschung, daß ihre Stimme fast gleichgültig klang.

»Kapitän Findhorn vermutet — und ich stimme mit ihm überein —, daß man versuchen wird, uns gefangenzunehmen.« Auf Nicolsons Gesicht erschien ein etwas krampfhaftes Lächeln. »Wir werden natürlich versuchen, Miß Plenderleith, uns nicht gefangennehmen zu lassen.«

»Das wird unmöglich sein«, sagte van Effen, der vorn im Bug saß. Seine Stimme klang kalt. »Das ist ein U-Boot, Mann. Wollen wir uns mit unseren Spielzeuggewehren gegen ein U-Boot wehren?«

»Sie würden also vorschlagen, daß wir uns ergeben?«

»Weshalb sollen wir glatten Selbstmord begehen? Was Sie vorschlagen, ist glatter Selbstmord.« Van Effen schlug mit der Faust gegen das Boot. »Wir werden später eine bessere Chance zur Flucht finden!«

»Sie kennen die Japaner nicht«, sagte Nicolson. »Dies ist nicht nur unsere beste Chance, es ist auch unsere letzte Chance!«

»Und ich sage Ihnen, es ist Wahnsinn, was Sie vorhaben!« Jede Linie in van Effens Gesicht drückte Feindschaft aus. »Ich schlage vor, Mister Nicolson, daß wir darüber abstimmen.« Er sah sich im Boot um. »Wer von Ihnen ist dafür . . .«

»Schweigen Sie, van Effen«, sagte Nicolson barsch. »Sie sind hier nicht in einer politischen Versammlung. Sie sind an Bord eines Fahrzeugs der britischen Handelsmarine — und diese Fahrzeuge unterstehen der Autorität eines einzigen Mannes, des Kapitäns. Kapitän Findhorn sagt, daß wir Widerstand leisten — und damit basta!«

»Der Entschluß des Kapitäns ist unabänderlich?«

»Unabänderlich!«

»Bitte um Entschuldigung!« Van Effen ließ den Kopf sinken.

Das japanische U-Boot war noch eine knappe Meile entfernt und in allen Einzelheiten deutlich erkennbar. Das Wasserflugzeug kreiste noch immer am Himmel.

»Noch fünf Minuten, schätze ich, dann hat uns das U-Boot eingeholt«, sagte Findhorn.

Nicolson nickte geistesabwesend. »Haben wir diesen U-Boot-Typ nicht schon einmal gesehen Sie?«

»Ich glaube — ja«, sagte Findhorn langsam.

»Doch, bestimmt!« Nicolson war seiner Sache jetzt sicher. »Leichtes Flakgeschütz achtern, MG auf der Brücke und eine Kanone auf dem Vorschiff. Wenn sie uns an Bord nehmen wollen, müßten wir bei ihnen längsseits gehen — vermutlich neben dem Kommandoturm. Keins der Geschütze läßt sich so weit senken, daß es uns dort erreichen könnte.« Nicolson biß sich auf die Lippen. Er starrte auf die Insel. »Bis das Boot uns stoppt, sind wir annähernd eine halbe Meile an die Insel heran.«

»Habe nicht ganz mitgekriegt, was Sie meinen, Johnny.« Findhorns Stimme klang bereits wieder erschöpft. »Aber falls Sie irgendeinen Plan haben sollten...«

»Ja, ich habe einen. Vollkommen verrückt, Sir — aber es könnte klappen!«

»Sie haben das Kommando — auch jetzt.«

»Danke, Sir!« Findhorn schien es nicht mehr zu hören. Sein Kopf fiel auf die Seite. Er lag mit geschlossenen Augen auf der Bahre.

Im Westen hatte der Himmel noch einen farbigen Schimmer, rot, orange und golden, im Osten war er grau. Die plötzliche Dunkelheit der tropischen Nacht senkte sich rasch über das Meer.

Nicolson winkte Vannier, den Vierten Offizier, zu sich heran. »Sie rauchen nicht, Vannier, oder doch?«

»Nein, Sir.«

Vannier sah Nicolson an, als sei der Erste Offizier nicht ganz zurechnungsfähig.

»Dann werden Sie heute abend damit anfangen!«

Nicolson langte in die Hosentasche, holte eine flache Zigarettenpackung und eine Schachtel Streichhölzer heraus. Er gab sie Vannier und sagte: »Sie gehen ganz nach vorn, noch vor van Effen. Es wird alles von Ihnen abhängen. Brigadier, würden Sie bitte auch herkommen?«

Farnholme hob überrascht das Gesicht, stieg schwerfällig über mehrere Ruderbänke und nahm bei Nicolson Platz.

Nicolson sah ihn eine oder zwei Sekunden lang schweigend an und fragte dann: »Können Sie wirklich mit dem Schnellfeuergewehr umgehen, Brigadier?«

»Aber ja, Mann!« antwortete Farnholme mit fast beleidigter Miene. »Ich habe das blöde Ding sozusagen erfunden.«

»Und sind Sie auch treffsicher?«

»Bisley-Champion«, antwortete Farnholme lakonisch. »Nur damit Sie Bescheid wissen, Mister Nicolson.«

»Was, Sie haben in Bisley einen Preis gemacht?« fragte Nicolson erstaunt.

»Sozusagen Scharfschütze Seiner Majestät.«

Nicolson beugte sich zum Brigadier und redete rasch, aber leise, auf ihn ein. Van Effen beugte sich auf seiner Bank vor, aber er konnte nichts verstehen. Nicolson hatte ihm den Rükken zugedreht.

Doch schon schob sich das U-Boot achtern an Steuerbordseite heran, düster, schwarz, drohend in der zunehmenden Dämmerung, ein dunkler Umriß im weißlichen Phosphoreszieren der See. Das Brummen der Dieselmaschinen erstarb zu einem leisen Schnurren. Die bösartige, dunkle Mündung der großen Kanone auf dem Vorschiff senkte sich nach unten und schwenkte langsam nach achtern. Erbarmungslos, Meter um Meter, folgte sie jeder Bewegung des kleinen Rettungsbootes.

Dann kam vom Kommandoturm des japanischen U-Bootes ein scharfes, unverständliches Kommando. Auf einen Wink von Nicolson stellte McKinnon den Motor ab. Der stählerne Rumpf des U-Bootes schurrte am Fender des Rettungsboots entlang.

Nicolson ließ den Blick schnell über das Deck und den Kommandoturm des U-Boots gleiten. Die große Kanone auf dem Vorschiff war in ihre Richtung gedreht — aber über ihre Köpfe hinweg. Tiefer konnte das Rohr nicht gesenkt werden — er hatte es vermutet. Das leichte Flakgeschütz war ebenfalls auf sie gerichtet — und es zielte mitten in ihr Boot. In diesem Punkt hatte Nicolson sich verrechnet. Aber dieses Risiko mußte er auf sich nehmen.

Über den Rand des Kommandoturms schauten drei Mann, zwei von ihnen waren bewaffnet. Fünf oder sechs Matrosen standen vor dem Kommandoturm, nur einer von ihnen hatte eine Maschinenpistole.

Das Rettungsboot war in letzter Minute nach backbord abgefallen — ein Manöver, mit dem Nicolson die Absicht verfolgte, daß sie am U-Boot an backbord waren. So blieben sie im Schatten der Dunkelheit, während die Japaner sich als Silhouetten gegen das Abendrot der untergegangenen Sonne abhoben.

Die drei Fahrzeuge — das U-Boot und die beiden Rettungsboote — bewegten sich noch immer mit einer Fahrt von etwa zwei Knoten, als vom Deck des U-Boots eine Leine geworfen wurde und in den Bug des Rettungsbootes Nummer eins fiel. Vannier griff automatisch nach dem Seil und sah Nicolson fragend an.

»Ja, Vierter, dann belegen Sie mal den Tampen«, sagte Nicolson bitter und resigniert. »Was können wir schon mit unseren Fäusten und ein paar Taschenmessern gegen ein U-Boot ausrichten?«

»Sehr vernüftig, außerordentlich vernünftig.«

Der Offizier lehnte über den Rand des Kommandoturms. Er hatte die Arme verschränkt, der Lauf der Waffe lag auf seinem linken Oberarm. Sein Englisch war gut, sein weißes Gebiß glänzte in der dunklen Fläche seines Gesichts.

»Jeder Versuch des Widerstands wäre unangenehm, meinen Sie nicht auch?«

»Scheren Sie sich zum Teufel!« brummte Nicolson.

»Aber – aber! Welcher Mangel an Höflichkeit! Der typische Angelsachse.« Der Offizier schüttelte den Kopf, dann aber fixierte er Nicolson über den Lauf seiner Pistole. »Nehmen Sie sich in acht!« Seine Stimme klang wie das Knallen einer Peitsche.

Ohne jede Hast vollendete Nicolson die Bewegung, die er begonnen hatte. Er entnahm dem Päckchen, das Vannier ihm hinhielt, langsam eine Zigarette, riß ebenso langsam ein Streichholz an, hielt es Vannier hin, brannte seine eigene Zigarette an und warf dann das Streichholz über Bord.

»Ach so, natürlich!« Der japanische Offizier lachte kurz und verächtlich. »Der stoische Engländer! Obwohl ihm die Zähne klappern vor Angst, muß er immer noch Haltung zeigen – zumal vor den Augen seiner Mannschaft.« Dann aber änderte sich der Ton seiner Stimme abrupt:

»Jetzt aber genug mit diesem – Unfug! Augenblicklich an Bord – alle Mann!« Er richtete die Pistole auf Nicolson: »Und Sie zuerst!«

Nicolson stand auf. Er stützte sich mit dem einen Arm gegen den Rumpf des U-Bootes, den andern hielt er fest gegen die Seite gepreßt.

»Was, zum Teufel, haben Sie eigentlich mit uns vor?« schrie er – mit einem sehr glaubwürdigen Zittern in seiner Stimme. »Wollen Sie uns alle umbringen? Uns foltern? Uns in eins Ihrer verdammten Gefangenenlager in Japan schleppen?«

Er schrie es. Sein Schreien war jetzt Ernst. »Warum, in Gottes Namen, erschießen Sie uns nicht gleich, statt uns erst ...«

In das Schreien zischte plötzlich ein Fauchen. Aus dem Bug des Rettungsbootes zischten zwei Leuchtraketen funkensprühend und rauchend in den dunkel gewordenen Himmel. Dann strahlten, mehr als hundert Meter über dem Wasser, zwei weißglühende Flammenbälle.

Es war menschlich, nach den beiden Raketen zu sehen, die hoch oben am Himmel leuchtend explodierten. Auch die Matrosen des japanischen U-Boots waren nur Menschen. Wie ein Mann, gleich Puppen in der Hand eines Puppenspielers, drehten sie die Köpfe nach oben.

Und bis zum letzten Mann starben sie in dieser Stellung, den Rücken halb zum Rettungsboot gewandt und den Kopf in den Nacken gelegt, während sie in den Himmel starrten.

Das Krachen der Gewehre und Pistolen erstarb, das Echo der Schüsse hallte über die glasige See und verstummte in der Ferne. Nicolson gab mit lauter Stimme das Kommando an alle im Boot, sich hinzulegen. Noch während er es rief, rollten zwei tote Matrosen von dem schrägen Deck des U-Boots, schlugen auf dem Heck des Rettungsboots auf und klatschten ins Wasser.

Eine Sekunde verging, zwei Sekunden, drei ... Nicolson kniete im Boot und starrte nach oben. Er hörte das Scharren eiliger Füße und hastige Stimmen hinter dem Schutzschild der Kanone.

Der Offizier hing schlaff über den Rand des Kommandoturms, seine baumelnde Hand hielt noch immer krampfhaft die Waffe fest — ein Schuß aus Nicolsons Pistole hatte ihn getroffen. Vor dem Kommandoturm lagen vier formlose Bündel. Von den zwei Matrosen, die das leichte Flakgeschütz bedient hatten, war nichts zu sehen. Farnholmes Schnellfeuergewehr hatte sie über Bord geblasen.

Die Spannung wurde unerträglich. Das Rohr des schweren Geschützes, das wußte Nicolson, ließ sich nicht tief genug senken, um das Boot zu treffen. Doch Nicolson erinnerte sich undeutlich an Geschichten, die ihm Marineoffiziere erzählt hatten über die Wirkung von Schiffskanonen, die unmittelbar über einem abgefeuert wurden: der Luftdruck riß einem fast den Kopf ab.

Rasch drehte sich Nicolson zum Bootsmann um: »Starten Sie den Motor — und dann wenden, so schnell wie möglich. Wir sind durch den Kommandoturm gegen die Kanone gedeckt, wenn wir ...«

Seine letzten Worte gingen unter im Dröhnen des Abschusses. Aus der Mündung des Rohres zuckte bösartig eine lange, rote Flamme. Die Granate schlug ins Meer, wirbelte einen dünnen Vorhang aus Gischt und Rauch auf. Und schon luden die Japaner die Kanone erneut.

Nicolson sah, wie Farnholme aufsprang. Er schrie ihn an: »Brigadier, nicht eher schießen, als bis ich es sage!«

In diesem Augenblick knallte vom Bug des Rettungsboots her ein Abschuß. Nicolson fuhr herum und sah van Effen mit rauchendem Gewehr stehen.

»Nicht getroffen — tut mir leid«, sagte der Holländer lächelnd, aber ganz ruhig. Er ließ das Gewehr sinken.

»Was wollten Sie überhaupt treffen, Sie verdammter Idiot...«

»Würde keine voreiligen Schlüsse ziehen, Mister Nicolson. Sie... Sie haben den Offizier nicht gesehen, der sich auf dem U-Boot über den Rand der Brückenverkleidung beugte — aber blitzschnell wieder verschwand, als ich das Gewehr hob...«

In Nicolsons Gesicht zuckte es, doch schon schrie er Vannier zu: »Die Signallichter! Zünden Sie ein paar von den roten an — und zielen Sie in den Kommandoturm hinein.«

Nach etwa fünf Sekunden hörte Nicolson das Geräusch, auf das er gewartet hatte: das kratzende Geräusch der Granate, die in das Rohr geschoben wurde. Der Verschlußblock drehte sich und rastete ein.

»Jetzt!« befahl Nicolson.

Farnholme machte sich nicht einmal die Mühe, das Gewehr an die Schulter zu heben, sondern schoß aus der Hüfte. Er gab fünf Schuß ab — und alle saßen genau in der Mündung des Rohrs. Die letzte Kugel löste die Detonation aus. Im Rohr krepierte die Granate. Das schwere Geschütz löste sich aus seiner Verankerung. Herumfliegende Stücke gesplitterten Metalls pfiffen bösartig über das Wasser. Die Kanoniere mußten gestorben sein, ohne etwas davon zu merken. In Armeslänge vor ihnen war eine Sprengladung explodiert, die genügt hätte, eine Brücke in die Luft zu jagen.

»Großartig, Brigadier«, sagte Nicolson. »Bitte um Entschuldigung für alles, was ich jemals über Sie gesagt hatte. Volle Fahrt voraus, Bootsmann!«

Er merkte nicht, daß die alte Miß Plenderleith den Kopf senkte und in sich hineinlächelte.

Zwei sprühend rote Signallichter flogen im Bogen durch die Luft und landeten, von Vannier sicher gezielt, im Innern des Kommandoturms.

Nicolson legte die Faust um die Ruderpinne, als er eine Hand auf seinem Arm fühlte. Er drehte sich um.

»Van Effen?« fragte er widerwillig.

»Ich glaube, es wäre besser, noch eine Weile hier beim U-Boot zu bleiben. In zehn Minuten wird es so dunkel sein, daß wir zu der Insel fahren können, ohne daß diese japanische ... Bande ... dauernd hinter uns herschießt. Ich glaube, es wäre wirklich besser!«

Nicolson sah in das Gesicht des Holländers, das vom roten Widerschein gezeichnet war. Er schien völlig verändert zu sein. Und zum erstenmal begann sich Nicolson vor diesem Gesicht des Holländers van Effen zu fürchten ...

5

Mit einer ärgerlichen Bewegung schüttelte Nicolson die Hand van Effens, die auf seinem Arm lag, ab. Er umklammerte die Ruderpinne des Rettungsbootes fester und steuerte die nahe Insel an, die in der schnell hereinbrechenden Dämmerung nur noch als schmaler Strich zwischen Meer und Himmel lag.

»Vielen Dank für Ihren Rat, van Effen«, sagte Nicolson etwas spöttisch. »Aber ich halte es für besser, wenn wir so schnell wie möglich von diesem U-Boot wegkommen.«

Van Effen ließ den Kopf sinken und fluchte still vor sich hin. Sekunden später kauerte er — in sich zusammengesunken — auf seiner Bank im Bug des Bootes. Doch seinen Blicken entging nichts, und seine Finger umklammerten das Gewehr fester.

Mit einer scharfen Wendung fuhr Nicolson mit beiden Rettungsbooten um das schmale Heck des japanischen U-Bootes herum, verlangsamte dann die Fahrt und sah die Flakgeschütze.

»Brigadier«, sagte er, »ein kurzer Feuerstoß auf diese Dinger könnte nichts schaden!«

Mit einem langen, genau gezielten Feuerstoß aus seinem automatischen Karabiner machte Farnholme den komplizierten Mechanismus der Flakgeschütze unbrauchbar.

»Die werden uns keinen Ärger mehr bereiten«, brummte er.

»Hoffentlich«, sagte Nicolson, »hoffentlich haben wir an alles gedacht!«

Er bückte sich, nahm eine der beiden Rauchbojen, entfernte den Verschluß, riß die Zündung an und warf die Boje in weitem Bogen über Bord. Sie schlug aufs Wasser auf und schon zischte eine dicke Wolke gelbroten Rauchs hoch. Wie ein undurchsichtiger Vorhang legte sie sich zwischen das U-Boot und die beiden Rettungsboote. Minuten später hatte Nicolson die Insel erreicht. Vom U-Boot, das draußen auf See lag, peitschten Schüsse. Sie waren in eine falsche Richtung gezielt.

Es war kaum eine Insel zu nennen, ein Inselchen vielleicht, nicht länger als dreihundert Meter und kaum breiter als einhundertfünfzig Meter. Sie stieg vom Meer etwa fünfzehn Meter hoch an. Auf der Anhöhe war eine kleine Vertiefung, am halben Hang. Zu dieser Senke führte Nicolson die Passagiere.

Zehn Minuten nach dem Landen der Boote hockten alle im Schutz der Vertiefung — mit dem gesamten Proviant, dem Trinkwasservorrat und der beweglichen Ausrüstung der beiden Boote.

Langsam begann sich der Himmel zu beziehen. Doch es war noch hell genug, daß Nicolson sein Fernglas benutzen konnte. Er starrte fast zwei Minuten lang hindurch, dann setzte er es ab und fuhr sich über die Augen.

»Nun?« fragte Kapitän Findhorn mühsam.

»Das U-Boot fährt um die westliche Spitze der Insel, Sir. Ziemlich dicht unter Land.«

»Ist aber gar nichts zu hören.«

»Sie fahren mit den Elektromotoren. Warum, weiß ich auch nicht.«

Van Effen räusperte sich. »Und was, Mister Nicolson, glauben Sie, haben die Japaner vor?«

»Bin leider kein Hellseher«, antwortete Nicolson kühl. »Ein Glück, daß ihre Kanone und ihr Flakgeschütz unbrauchbar sind. Sie hätten uns sonst hier in zwei Minuten ausgeräuchert. Vor Gewehrfeuer sollte uns die kleine Senke schützen, wenn wir ein bißchen Glück haben.«

»Und wenn wir kein Glück haben?«

»Darüber können wir uns noch immer den Kopf zerbrechen, wenn es soweit ist«, gab Nicolson kurz zur Antwort.

»Aber eines ist sicher«, sagte van Effen ungerührt, »sie können nicht nach Hause fahren und erzählen, sie wären mit uns nicht fertig geworden. Dann könnten sie alle drüben auf dem U-Boot gleich Harakiri begehen.«

»Sie werden auch nicht nach Hause fahren«, sagte Kapitän

Findhorn bestimmt. »Zu viele ihrer Kameraden haben ihr Leben gelassen.«

»Allerdings«, sagte van Effen mit einer merkwürdigen Betonung.

»Mitleid?« fragte Nicolson scharf.

»Nein — nur: Auge um Auge, Zahn um Zahn...«

Van Effen brach ab, denn er sah Siran zu Nicolson treten.

»Was wollen Sie?« fragte Nicolson den einstigen Kapitän der ›Kerry Dancer‹ unwirsch.

»Meine Crew und ich haben Ihnen einen Vorschlag zu machen!«

»Wenden Sie sich damit an den Kapitän!« Nicolson wandte sich abrupt ab und hob das Glas wieder an die Augen.

»Bitte sehr«, sagte Siran ungerührt. Er drehte sich zum Kapitän um, der ihn nicht ansah.

»Die Sache ist die, Kapitän«, begann Siran, »es ist unangenehm deutlich zu sehen, Sie trauen uns nicht. Sie zwingen uns, in einem eigenen Rettungsboot zu fahren. Sie sind der Meinung — fälschlicherweise, das könnte ich Ihnen beweisen —, Sie müßten die ganze Zeit auf uns aufpassen. Wir sind für Sie eine — schwere Belastung. Wir schlagen daher vor, daß wir Sie — mit Ihrer Erlaubnis — von dieser Last befreien.«

»Mann, kommen Sie zur Sache!« sagte Findhorn scharf.

»Gern. Ich schlage vor, Sie lassen uns gehen, dann brauchen Sie sich unseretwegen keine Sorgen mehr zu machen. Wir sind bereit, freiwillig in japanische Gefangenschaft zu gehen, Sir!«

»Was? In japanische Gefangenschaft?« Der erbitterte Zwischenruf kam von dem Holländer van Effen. »Bei Gott, Sir, eher würde ich zuvor die ganze Bande der ›Kerry Dancer‹ über den Haufen schießen!«

Findhorn sah neugierig zu Siran, aber es war zu dunkel, um den Ausdruck seines Gesichts erkennen zu können. Langsam sagte er: »Und — wie haben Sie sich das vorgestellt, sich den Japanern zu ergeben? Vielleicht... so ganz einfach diesen Hügel hinab zum Strand gehen?«

»Mehr oder weniger — ja.«

»Erlauben Sie ihnen nicht, sich aus dem Staub zu machen, Sir!« sagte van Effen beschwörend.

»Keine Bange, van Effen«, erwiderte Findhorn trocken. »Ich habe nicht die Absicht, mich mit diesem lächerlichen Vorschlag zu befassen.«

»Sir«, begann Siran noch einmal.

»Schweigen Sie! Für wie naiv oder schwachsinnig halten Sie mich eigentlich?«

»Ich versichere...«, setzte Siran noch einmal an, doch Nicolson schnitt ihm das Wort ab.

»Sparen Sie sich Ihre Versicherungen«, sagte er verächtlich. »Niemand glaubt Ihnen. Ich bin sicher, daß Sie mit den Japanern unter einer Decke stecken.« Er machte eine Pause und sah van Effen nachdenklich an. »Ich glaube, Sie machten den besten Vorschlag – umlegen. Es würde uns alles bedeutend erleichtern, wenn wir diese Bande nicht mehr am Hals hätten.«

»Können Sie das U-Boot noch sehen?« fragte Kapitän Findhorn unvermittelt.

»Ist jetzt fast genau südlich, Sir, etwa zweihundert Meter vom Land.«

Plötzlich ließ Nicolson das Glas fallen und warf sich hinter dem Rand der Senke zu Boden. Am Kommandoturm des U-Boots war ein Scheinwerfer aufgeleuchtet. Der grelle weiße Kegel strich rasch die steinige Küste der Insel entlang. Fast im gleichen Augenblick hatte er auch schon die kleine Einbuchtung gefunden, in der die Rettungsboote lagen. Sekundenlang blieb der Lichtstrahl auf die Boote gerichtet, dann begann er langsam den Hang hinaufzuwandern, fast genau in Richtung auf die Senke, in der sie geborgen lagen.

»Brigadier?« rief Nicolson schneidend.

»Verstehe«, brummte Farnholme. »Wird mir ein Vergnügen sein.« Er brachte das Gewehr nach vorn, ging in Anschlag, zielte und schoß. Durch das verhallende Echo des Abschusses klang aus der Ferne das Splittern von Glas. Der grelle Lichtschein erlosch.

»Kein geschicktes Manöver der Japaner«, stellte Findhorn fest.

»Bin nicht ganz Ihrer Meinung, Sir«, sagte Nicolson. »Es war ein kalkuliertes Risiko. Nun wissen sie, wo die Boote liegen. Und sie wissen auch, wo wir liegen. Das Mündungsfeuer, als der Brigadier ihren Scheinwerfer zerschoß, haben sie gesehen. Doch in erster Linie sind sie an den Booten interessiert.«

»Sie haben recht«, sagte Findhorn langsam. »Ob sie versuchen, die Boote vom U-Boot aus zu versenken? Was meinen Sie, Mister Nicolson?«

»Nehme an, sie werden ein paar Mann an Land schicken,

um die Bodenplanken zu zerschlagen und die Lufttanks anzubohren. Oder sie werden versuchen, sie ins Schlepp zu nehmen und hinaus auf See zu bringen.«

Minutenlang sagte niemand etwas. Der kleine Junge lag in den Armen von Miß Drachmann und redete im Schlaf vor sich hin. Siran unterhielt sich in der Senke flüsternd mit seinen Leuten. McKinnon hustete und meinte: »Bleibt nur eine Wahl für uns: wieder hinaus auf See.«

»Und vorher überreden Sie unsere gelben Freunde auf dem U-Boot, sich Watte in die Ohren zu stecken, um die Motoren nicht zu hören?« meinte sarkastisch Nicolson.

»Will ich gar nicht. Will nur eine Stunde Zeit, mich mit dem Auspuffrohr zu beschäftigen. Garantiere, daß auf hundert Meter Entfernung kein Mensch mehr den Motor hört. Bedeutet natürlich eine gewisse Einbuße an Geschwindigkeit...«

Findhorn unterbrach den Bootsmann. »Von Horchgeräten scheinen Sie noch nichts gehört zu haben.«

»Der Teufel hole sie«, sagte McKinnon. Eine Weile versank er in Schweigen, dann sagte er: »Dann werde ich mir eben etwas anderes einfallen lassen müssen.«

»Köpfe 'runter — alles flach an die Erde!« schrie Nicolson.

Und schon schlugen die ersten Kugeln dumpf in das Erdreich rund um die Senke und pfiffen bösartig durch die Luft, als vom Deck des U-Boots das Sperrfeuer eröffnet wurde. Das U-Boot war jetzt noch dichter unter Land. Das Feuer der Japaner lag fast genau im Ziel.

»Kein Gegenfeuer!« befahl Findhorn laut, dann senkte er seine Stimme und beugte sich zu Nicolson. »Es ist mir alles rätselhaft: die Jagdflugzeuge haben uns verschont, als wir von Bord der ›Viroma‹ gingen. Das U-Boot versuchte uns nicht zu versenken — und auch das Wasserflugzeug ließ uns in Ruhe. Und jetzt wollen sie auf einmal Kleinholz aus uns machen. Ich werde daraus nicht schlau.«

»Ich auch nicht, Sir«, gestand Nicolson. »Aber wir können nicht hier liegenbleiben. Diese Knallerei ist der Feuerschutz für den Angriff der Japaner auf die Boote — sonst wäre sie sinnlos!«

»Und was wollen Sie tun? Ich bin mit meinem Latein leider am Ende, Johnny.«

»Bitte um Erlaubnis, mit ein paar Mann zum Strand gehen zu dürfen. Wir müssen sie aufhalten, Sir!«

»Ich weiß, ich weiß. Hals- und Beinbruch, mein Junge.«

Sekunden später schoben sich Nicolson und sechs Mann über den Rand der Senke und starrten nach unten. Sie waren noch keine fünf Schritte weit, als Nicolson Vannier etwas ins Ohr flüsterte, den Brigadier am Arm faßte und mit ihm zurückging zum östlichen Rand der Senke. Dort legten sie sich flach an die Erde und spähten in die Dunkelheit.

Sie brauchten nicht lange zu warten. Knapp fünfzehn Sekunden später hörten sie das vorsichtige Geräusch kriechender Bewegungen, dann Füße, die eilig über den Sand liefen. Nicolsons Taschenlampe flammte auf und erfaßte zwei Gestalten, die Sekunden später unter den Kugeln aus Farnholmes Schnellfeuergewehr tot zu Boden stürzten.

»Ich bin ein verdammter Idiot«, fluchte Nicolson. »Diese Burschen habe ich doch glatt vergessen!«

Nicolson kroch durch die Senke und entwand die Waffen den erstarrten Händen: die beiden Beile aus dem Rettungsboot Nummer zwei.

Er ließ den Strahl der Taschenlampe in die andere Ecke der Senke fallen. Siran saß wie zuvor an seinem Platz, mit ausdruckslosem Gesicht. Nicolson wußte, daß er seine Leute vorgeschickt hatte, um die blutige Arbeit zu verrichten, während er selber in aller Ruhe zusah.

»Kommen Sie her, Siran!

Nicolsons Stimme war genauso ausdruckslos wie Sirans Gesicht. Siran erhob sich, kam die paar Schritte nach vorn und stürzte wie ein gefällter Baum zu Boden, als Nicolson ihm mit dem Kolben seines Marinecolts hinter das Ohr schlug. Siran war noch nicht einmal zu Boden gefallen, da war Nicolson schon wieder auf dem Weg zum Strand, dicht gefolgt von Farnholme. Der ganze Zwischenfall hatte keine dreißig Sekunden gedauert.

Sie waren noch dreißig Meter vom Strand entfernt, als sie Schüsse hörten. Schreie, Flüche. Zehn Meter vom Strand knipste Nicolson die Taschenlampe an. In ihrem Licht bot sich ihm das wirre Bild von Männern, die sich im Wasser rund um die Boote im wilden Handgemenge befanden.

Ein japanischer Offizier stand über dem im Wasser gestürzten McKinnon und holte zum tödlichen Schlag mit einem Schwert oder Bajonett aus. Im nächsten Bruchteil einer Sekunde warf sich Nicolson mit einem mächtigen Sprung nach vorn, umklammerte mit einer Hand die Kehle des Offiziers und drückte mit der andern die Pistole in seinen Rücken ab.

Das eine der beiden Rettungsboote lag mit dem Kiel fest auf Grund. Nahe beim Heck standen zwei japanische Matrosen bis zu den Knien im Wasser. Fast gleichzeitig holten sie zum Wurf aus, Handgranaten in den Händen. Und noch während Nicolson seinen Colt hochhob, wußte er bereits, daß es zu spät war.

Vornüber klatschten die beiden Japaner aufs Wasser, ihr Fall ging unter in einer dumpfen Detonation und einem grellen weißen Aufblitzen. Dann war es wieder dunkel und still. Nichts war zu hören, nirgendwo eine Bewegung.

Nicolson riskierte es nach einer Weile, mit der Taschenlampe das Gelände abzuleuchten. Dann schaltete er sie wieder aus. Die Feinde waren nicht mehr Feinde, nur noch kleine tote Männer, die regungslos im seichten Wasser lagen.

»Jemand verletzt?« fragte Nicolson leise.

»Ja, Sir — Walters. Ich glaube, ziemlich schlimm.«

»Ich komme.« Nicolson ging dem Klang der Stimme nach. Er legte die Finger über den Scheinwerfer seiner Taschenlampe. Vannier hielt das linke Handgelenk von Walters. Unmittelbar oberhalb des Ballens klaffte ein blutiger Spalt, das halbe Handgelenk war aufgerissen. Vannier hatte den Arm bereits mit einem Taschentuch abgebunden, das hellrote Blut pulste nur noch langsam aus der Wunde. Nicolson schaltete die Lampe wieder aus.

»Messer?« fragte er.

»Nein, Bajonett.«

»Ziemlich übel. Lassen Sie sich von Miß Drachmann verbinden. Ich fürchte, es wird einige Zeit dauern, bis Sie die linke Hand wieder gebrauchen können.«

Bei sich aber dachte Nicolson: er wird sie nie wieder gebrauchen können. Die Sehnen waren glatt durchschnitten. Auf jeden Fall würde die Hand gelähmt bleiben.

»Besser die Hand als das Herz«, sagte Walters. »Denn das brauche ich wirklich.«

Alle gingen zur Senke zurück, nur Nicolson und McKinnon wateten durch das flache Wasser zu dem näheren der beiden Rettungsbote. Kaum waren sie bei ihm angelangt, als aus der Dunkelheit im Süden zwei Maschinengewehre das Feuer eröffneten. Sie schossen mit Leuchtspurmunition.

»Verstehen Sie das, Sir?« fragte McKinnon den Ersten Offizier.

»Schwer. Wäre aber denkbar, daß der Landungstrupp irgend ein Zeichen zum U-Boot geben sollte — etwa Blinkzeichen mit der Taschenlampe, wenn er sicher an Land gelangt war. Nun sind sie auf dem U-Boot wahrscheinlich völlig konfus und eröffneten deswegen das Feuer — und immer noch kein Blinkzeichen.«

»Könnten ihnen ja eins geben?«

Nicolson starrte den Bootsmann einen Augenblick an und lachte leise. »Genial, McKinnon. Riskieren sollte man es!«

Er hob die Hand über den Rand des Rettungsboots, machte die Taschenlampe in regelmäßigen Abständen an und aus, an und aus, und nahm den Arm dann wieder nach unten. Im gleichen Augenblick stellten beide Maschinengewehre abrupt das Feuer ein. Die Nacht war plötzlich stumm und still.

»Hat gewirkt«, stellte McKinnon fest. »Meinen jetzt, ihre gelben Kameraden hätten das Blinkzeichen gegeben.«

Ohne jede Hast standen Nicolson und McKinnon auf und untersuchten im Schein der Taschenlampe das Boot Nummer zwei. Es hatte mehrere Treffer, aber alle in den oberen Planken, und schien kaum oder gar nicht leck zu sein.

Bei Nummer eins, dem Rettungsboot mit dem Motor, sah alles weniger hoffnungsvoll aus. Das Boot lag tief im Wasser. McKinnon tastete den Rumpf ab und richtete sich dann langsam wieder auf.

»Ein Loch im Boden«, sagte er tonlos. »So groß, daß ich nicht nur den Kopf, sondern auch die Schultern durchstecken könnte.«

Der Strahl der Taschenlampe fiel auf den Motor: »Nur noch ein wirrer Haufen von Stahl und Blech. Da ist kein Teil mehr ganz.«

»So also ist das?« sagte Nicolson und knipste die Lampe aus.

Sie wateten aus dem Wasser und stiegen zur Senke hinauf. Auf halbem Weg murmelte McKinnon vor sich hin: »Das ist eine verdammt weite Strecke bis Australien, wenn man den ganzen Weg rudern soll.«

»Melden Sie's dem Kapitän, bitte!« sagte Nicolson. »Die andern brauchen es noch nicht zu wissen.«

»Und was wird jetzt?«
»Ich muß ruhig darüber nachdenken.«

Nicolson lag auf dem Rücken, die Hände hinter dem Nacken gefaltet. Der Teufel hole die Japaner, der Teufel hole das lauernde U-Boot, dachte er grimmig. Er richtete sich auf, holte eine Zigarette aus der Packung und wollte sie anzünden, als er eine Stimme neben sich hörte: »Ich hätte auch gern eine Zigarette. Oder haben Sie etwas dagegen?«

Er sah hoch und sah Miß Drachmann neben sich stehen. Er reichte ihr sein Päckchen mit Zigaretten und brannte ein Streichholz an. Als sie sich zu ihm beugte, um die Spitze ihrer Zigarette in die Flamme zu halten, roch er wieder einen letzten Duft von Sandelholz und den zarten Geruch ihres Haares.

»Sie haben die Hand von Walters versorgt?« fragte er.
»Ja.«
»Und sonst?«

Sie antwortete nicht, sondern setzte sich neben ihn. Sie setzte sich so, daß er die Wange mit der Narbe von der Schläfe bis zum Kinn nicht sehen konnte.

Zwei Minuten vergingen, eine dritte — und sie sagte immer noch nichts. Schließlich drehte Nicolson den Kopf langsam zu ihr herum.

»Wo sind Sie eigentlich zu Hause, Miß Drachmann?« fragte er.

»Ist es noch wichtig — in unserer Lage?« stellte sie die Gegenfrage. Sie atmete den Rauch der Zigarette ein, sehr tief, und sah in die Richtung, wo das Meer war und das U-Boot.

»Geboren in Dänemark, aufgewachsen in Europa, groß geworden auf den Plantagen meines Vaters in Penang und dann Krankenschwester in Singapur. Sozusagen ein lückenloser Lebenslauf.«

»Ich hätte Sie nach der Farbe Ihrer Haut für eine Eurasierin gehalten.«

»Die Mutter meiner Mutter war Malaiin ... und die Farbe meiner Haut hat mir in Singapur ziemlich zu schaffen gemacht. In Dänemark war ich in jedem Haus willkommen. In Singapur hat mich niemals ein Europäer in sein Haus eingeladen Mister Nicolson. Ich war nicht gefragt — auf dem gesellschaftlichen Markt, könnte man vielleicht sagen. Ich war jemand, mit dem man nicht gern gesehen wurde ...«

»Nehmen Sie's nicht so schwer. Ich kann mir vorstellen, es muß übel gewesen sein. Und die Engländer waren die übelsten, stimmt's?«

»Ja, allerdings.« Sie verstummte und sagte dann zögernd: »Warum sagen Sie das?«

»Weil ich weiß, wie sie sich in den Kolonien benehmen — und weil ich selber Engländer bin, Miß ...«

Er zögerte, und sie verstand, warum.

»Ich heiße Gudrun«, sagte sie. »Gudrun Sörensen Drachmann.«

»Paßt zu Ihnen«, meinte Nicolson. »Aber nennen Sie mich so — wie manchmal der Kapitän.«

»Er sagt oft Johnny zu Ihnen. In Dänemark würde man einen ganz kleinen Jungen so nennen. Aber vielleicht sind Sie's ... und — ich könnte mich vielleicht sogar an diesen Namen gewöhnen.«

Das kaum hörbare Lächeln Gudrun Drachmanns war der einzige Laut in der Stille. Plötzlich stand er auf, ging quer durch die Senke und dann den Hügel hinab zu van Effen, der das einzige noch brauchbare Rettungsboot bewachte. Er saß eine Weile neben ihm, doch ein Gespräch kam zwischen ihnen nicht zustande. Der Teufel mag wissen, woran es liegt, dachte Nicolson. Ich mag ihn, aber irgend etwas ist zwischen ihm und mir ...

Minuten später tauchte Nicolson wieder in der Senke auf. »Sie sollten jetzt schlafen«, sagte er zu Gudrun Drachmann.

Sie schien es nicht gehört zu haben. Sie sagte mit sehr leiser Stimme: »Bitte, antworten Sie mir ehrlich: wieviel Hoffnung haben wir noch?«

»Keine.«

»Sehr kurz und sehr ehrlich«, meinte sie. »Und — wieviel Zeit bleibt uns noch?«

»Schätze, bis morgen mittag. Doch das ist schon sehr reichlich geschätzt. Es ist so gut wie sicher, daß das U-Boot versuchen wird, einen zweiten Landungstrupp an den Strand zu schicken. Und dann werden sie Verstärkung herbeirufen. Aber wahrscheinlich werden die Flugzeuge ohnedies hier sein, sobald es hell wird.«

»Und dann?«

»Falls sie uns nicht alle zusammen durch Bomben oder Granaten erledigen, werden die gelben Brüder vielleicht Sie und

Miß Plenderleith gefangennehmen. Ich hoffe allerdings nicht, daß es soweit kommt.«

»Bleibt uns nichts anderes — als abzuwarten. Wenig genug.«

Sie schien verzweifelt, alles in ihr wehrte sich gegen diesen Gedanken. Sie griff nach Nicolsons Arm und umklammerte ihn. Nicolson spürte, wie ihre Hände zitterten.

»Ja — aber man müßte doch irgend etwas tun... irgend etwas... nur nicht warten, warten auf das Furchtbare...«

Gudrun Drachmann brach ab, aus weitgeöffneten Augen sah sie Nicolson an. Die Angst flackerte in ihren Pupillen.

»Irgend etwas tun, ja, ich weiß«, sagte Nicolson. Er versuchte zu lachen und meinte: »Mit dem Buschmesser zwischen den Zähnen an Bord des U-Boots schleichen, die Gelben überwältigen und im Triumph nach Hause fahren — auf dem gekaperten japanischen U-Boot ... nach Hause, Sie nach Dänemark und wir nach England ...«

Doch ehe sie etwas erwidern konnte, strich er über Gudruns Haare. »Das war billig und häßlich. Seien Sie mir nicht böse.«

Sie schwieg eine Weile, schüttelte dann den Kopf und sagte: »Könnten wir denn nicht mit dem Boot wegsegeln, ohne daß die Japaner uns hören oder sehen?«

»Liebes Mädchen, das war die erste Möglichkeit, die wir uns auch schon überlegt haben. Sie führt leider zu nichts. Wir würden möglicherweise von dieser Insel wegkommen, aber weit kämen wir nicht. Sobald es hell wird, würde uns das U-Boot finden oder die Flugzeuge — und dann würden diejenigen von uns, die nicht erschossen werden, ertrinken. Komisch, van Effen kämpfte wie ein Löwe für diesen Vorschlag — als sei er sicher, daß die Japaner uns verschonen würden. Aber es wäre nichts weiter als ein beschleunigter Versuch, Selbstmord zu begehen«, schloß Nicolson abrupt.

Sie dachte schweigend nach. »Sie halten es aber für möglich, von hier wegzufahren, ohne daß uns jemand hört?«

Nicolson lächelte. »Sie sind eine reichlich beharrliche junge Dame, finden Sie nicht auch? Doch — ja, das ist möglich. Besonders dann, wenn jemand an einer anderen Stelle der Insel ein Ablenkungsmanöver durchführt, um die Japaner irrezuführen. Warum fragen Sie überhaupt?«

»Die einzige Möglichkeit, von hier wegzukommen, ist doch die: Wir müßten bei dem U-Boot den Eindruck erwecken, als wären wir nicht mehr da. Könnten nicht zwei oder drei von

Ihnen mit dem Boot wegrudern — vielleicht zu einer dieser kleinen Inseln, die wir gestern sahen? Und die anderen machen hier irgendein Ablenkungsmanöver?« Sie sprach jetzt rasch, mit aufgeregter Stimme: »Wenn das U-Boot feststellt, daß unser Rettungsboot weg ist, würde es von hier abfahren und...«

»Und schnurstracks zu einer dieser kleinen Inseln hinfahren, den paar Mann, die dort wären, den Garaus machen, das Rettungsboot versenken und den Rest dann hier erledigen.«

»Ach so.« Sie ließ die Stimme, die eben noch voller Hoffnung war, mutlos sinken.

»Gudrun, Sie sehen, wir haben uns alles auch schon überlegt, und es führt zu nichts. Wenn Sie nichts dagegen haben, möchte ich jetzt gern versuchen, einen Augenblick zu schlafen. Ich muß in kurzer Zeit van Effen am Strand ablösen.«

Er war schon im Halbschlaf, Sekunden später, als wie aus weiter Ferne Gudrun Drachmanns Stimme erneut an sein Ohr drang.

»Johnny?«

»Barmherzigkeit«, brummte Nicolson. »Bitte, nicht noch einen großartigen Einfall!«

»Hören Sie, Johnny...«

»Weiß Gott, Sie lassen nicht locker.« Nicolson seufzte resigniert und richtete sich auf. »Nun?«

»Es würde doch nichts ausmachen, wenn wir eine Weile hierblieben — wenn nur das U-Boot wegfährt, nicht wahr?«

»Worauf wollen Sie damit hinaus?«

»Bitte, beantworten Sie meine Frage, Johnny!«

»Nein, das würde gar nichts schaden. Im Gegenteil — das wäre eine gute Sache. Aber wie wollen Sie die Japaner dazu bringen, anzunehmen, wir wären nicht mehr da? Wollen Sie hinausfahren und die Gelben auf dem U-Boot hypnotisieren?«

»Nicht sehr witzig von Ihnen, Johnny«, sagte sie ganz ruhig. »Wenn es hell wird und die Japaner feststellen, daß unser Boot — ich meine das brauchbare — nicht mehr da ist, dann würden sie doch annehmen, daß wir auch nicht mehr da sind, nicht wahr?«

»Ja, das würden sie bestimmt annehmen. Jeder normale Mensch würde das annehmen.«

»Sie meinen nicht, daß sie die Insel absuchen würden?«

»Was, zum Teufel, soll das Ganze eigentlich?«

»Bitte, Johnny«

»Also gut«, sagte er mürrisch, »ich glaube nicht, daß sie sich die Mühe machen würden, die Insel abzusuchen. Und worauf wollen Sie hinaus, Gudrun?«

»Verstecken Sie das Boot, Johnny« sagte sie langsam und sehr sicher.

»Das Boot verstecken, sagt sie! Es gibt rund um die Insel keine Stelle, wo wir das Boot verstecken könnten, ohne daß die Japaner es nicht innerhalb einer halben Stunde gefunden hätten — es ist immerhin mehr als sieben Meter lang. Tut mir leid, Gudrun!«

»Sie haben eine Möglichkeit vergessen«, sagte Gudrun Drachmann unerschütterlich. »Aber an die habe ich gedacht.«

»Und die wäre?«

»Ich möchte vorschlagen, das Boot unter Wasser zu verstecken!«

»Was?« Nicolson hob den Kopf und starrte in der Dunkelheit zu ihr hin.

»Unter Wasser ... unter Wasser«, wiederholte er immer wieder.

»Machen Sie an dem einen Ende der Insel irgendein Ablenkungsmanöver«, sagte sie schnell. »Rudern Sie mit dem Boot um die andere Spitze herum zu dieser kleinen Bucht im Norden. Füllen Sie es mit Steinen, ziehen Sie den Stöpsel heraus — oder wie das bei Ihnen heißt. Legen Sie das Boot an einer Stelle auf Grund, wo das Wasser genügend tief ist. Und wenn dann die Japaner fort sind ...«

»Aber natürlich!« sagte Nicolson leise, nachdenklich, mehr für sich. »Wirklich, das wäre zu machen! Mein Gott, Gudrun, das ist es! Sie haben es! Das ist ... wenn es überhaupt noch eine Chance gibt ... die einzige!«

Seine Stimme war laut geworden. Er hatte die letzten Worte fast geschrien.

Mit einem Ruck stand er auf, nahm das Mädchen in seine Arme.

»Mein Gott, Gudrun, vielleicht ...«

Und schon jagte er mit einigen schnellen Schritten hinüber zur anderen Seite der Senke.

»Aufwachen!« schrie er. »Kapitän! Vierter! Bootsmann! Aufwachen ... alle aufwachen«

Sie waren zwei Frauen und etwas mehr als eine Handvoll Männer. Sie hatten nichts mehr zu verlieren, aber alles zu gewinnen. Und deswegen setzten sie alles auf eine Karte. Die Männer hatten keinen Ausweg mehr gefunden, die kleine Insel südlich von Singapur zu verlassen, vor der das japanische U-Boot in Lauerstellung lag. Und Miß Gudrun Drachmann, deren eine Gesichtshälfte von einem japanischen Bajonetthieb entstellt war, hatte in ihrer letzten Verzweiflung den Ausweg gefunden. Ein klein wenig Glück — und vielleicht fielen die Japaner auf den Trick herein.

Vannier, der Vierte Offizier, hatte von Nicolson den Befehl erhalten, die Japaner auf dem U-Boot vor der Insel zu täuschen. Eine Art Lockvogel, der seine Sache ausgezeichnet machte.

Von der Südwestspitze der Insel gab er etwa zehn Minuten lang mit der Taschenlampe Leuchtzeichen zum U-Boot. Durch das Nachtglas sah er, wie der Schatten des U-Bootes sich leise in Bewegung setzte — nicht mit den Dieselmaschinen, sondern mit den Elektromotoren. Vannier ging hinter einem großen Stein in Deckung.

Zwei Minuten später, als das U-Boot genau auf seiner Höhe lag, knapp hundert Meter unter Land, stand er auf, riß die Zündung einer Rauchboje an und warf sie auf See, so weit er konnte. Innerhalb von dreißig Sekunden hatte die leichte nördliche Brise den dichten gelben Rauch bis zum U-Boot hingeweht. Er nahm den Japanern auf der Brücke den Atem und die Sicht.

Eine Rauchboje brennt normalerweise vier Minuten. Vier Minuten genügten Nicolson und einigen Männern, den Plan auszuführen. Mit umwickelten Riemen pullten sie das Rettungsboot Nummer zwei um die Spitze der Insel herum zur nördlichen Seite.

Das U-Boot blieb unbeweglich im Südwesten liegen, von Vannier auf eine falsche Fährte gelenkt.

Nicolson und seine Männer zogen rasch und fast geräuschlos die Spunde aus dem Boden des Rettungsbootes und füllten es mit Steinen. Das Boot lief schnell voll Wasser.

Dann winkte Nicolson Brigadier Farnholme zu sich her, flüsterte ihm etwas zu, Sekunden nachher begann er in kurzen Abständen Schüsse in Richtung auf das U-Boot abzufeuern.

Noch mehr Steine ins Boot, noch mehr Wasser durch die Spundlöcher — und schon glitt das Rettungsboot sacht unter die Oberfläche der See, vorn und achtern an Leinen gehalten. In einer Tiefe von fast fünf Metern setzte es dann ohne Schlagseite den Kiel auf den klaren, kiesbedeckten Grund.

Als die Männer zur Senke zurückkehrten, stieg von der Ostspitze der Insel eine Fallschirm-Leuchtrakete in den Himmel. Vannier hatte den Augenblick gut gewählt. Die Japaner mußten nun völlig ratlos sein. Doch ihre Landungstrupps würden die östliche Spitze der Insel ebenso leer und ausgestorben finden, wie es jetzt auch die westliche Spitze war. Sie konnten, wenn es hell geworden war, auf keinen anderen Schluß kommen als den, daß ihnen die Überlebenden auf der Insel ein Schnippchen geschlagen und sich im Schutz der Nacht davon gemacht hatten.

Dies war auch der Schluß, zu dem die Japaner nach Sonnenaufgang kamen. Es war ein grauer Morgen, mit bedecktem Himmel und auffrischendem Wind. Die Männer auf der Insel, in sicherer Deckung hinter dichten Büschen, sahen Gestalten auf der Brücke des U-Boots. Sie hoben Ferngläser an die Augen und gestikulierten aufgeregt.

Dann war das Geräusch von Dieselmotoren zu hören. Das U-Boot setzte sich in Fahrt und umrundete die Insel. Als es auf Höhe des einen noch sichtbaren Rettungsboots war, stoppte es die Fahrt noch einmal ab. Das Rohr des Flakgeschützes richtete sich auf das Boot und begann zu feuern — offenbar hatten Bordmechaniker dieses Geschütz im Laufe der Nacht wieder repariert.

Das Flakgeschütz gab nur sechs Schuß ab, sie genügten, um aus dem Boot ein durchlöchertes und zersplittertes Wrack zu machen.

Unmittelbar nachdem die letzte Granate in dem seichten Wasser krepiert war, entfernte sich das U-Boot mit hoher Fahrt und genau westlichem Kurs, umrundete die beiden kleineren Inseln in der Nähe und verschwand eine halbe Stunde später am südlichen Horizont aus dem Blickfeld der Handvoll Männer und der zwei Frauen auf der Insel.

Tot und regungslos lag das Rettungsboot auf dem unbewegten Spiegel der See. Nicht eine Wolke in Sicht — und das schon seit drei Tagen. Ein leerer, ein schrecklicher Himmel, eine grausame, grelle Sonne, die brennend heiß auf die See heruntergluhte.

Auch das Boot war tot — so schien es, doch leer war es nicht. In dem kümmerlichen Schatten, den die zerfetzten Reste der Segel boten, lagen die Männer und die zwei Frauen. Sie waren der Länge nach ausgestreckt, auf den Bänken, den Duchten, den Bodenplanken. Sie waren völlig erschöpft und entkräftet durch die Hitze. Einige in einem unruhigen Schlaf, andere in einer Art von Ohnmacht. Alle aber waren sorgsam darauf bedacht, auch nur die geringste Bewegung zu vermeiden, um das matte Lebensflämmchen, das noch in ihnen brannte, nicht unnötig zu vergeuden.

Insgesamt waren sie zwanzig Menschen an Bord des Rettungsboots. Und vor sechs Tagen waren sie von der Insel im Südchinesischen Meer losgesegelt, als die Besatzung des japanischen U-Boots auf die Finte, die Gudrun Drachmann vorgeschlagen hatte, hereingefallen war.

Sie hatten keine Medikamente mehr, im Trinkwasserkanister waren nur noch zwölf Liter, der Proviant mußte rationiert werden. Und dabei hatte alles so glückhaft begonnen, vor sechs Tagen, als sie die Insel verließen ...

Sechsunddreißig Stunden nach dem Verschwinden des japanischen U-Boots waren sie gestartet, vierundzwanzig Stunden, nachdem der letzte japanische Aufklärer die Insel überflogen hatte, ohne auch nur die geringste Spur von ihnen und ihrem absichtlich versenkten Rettungsboot zu entdecken.

Der Monsun, der gleichmäßig aus Norden wehte, trieb sie schnell voran — die ganze Nacht und auch noch den nächsten Tag. Und kein einziges Flugzeug war am Himmel erschienen. Am Abend des zweiten Tages tauchte ein U-Boot auf. Es war kaum zwei Meilen von ihnen entfernt und fuhr in gleichmäßiger Fahrt mit nördlichem Kurs weiter. Vielleicht hatte man sie und das Rettungsboot von dem U-Boot aus gesehen — vielleicht auch nicht. Es würde sich noch herausstellen.

Am dritten Tag, genau um zwölf Uhr mittags, verließ sie das Glück. Der Monsun hörte schlagartig auf, und sie lagen hilflos in der Flaute, etwa fünfundzwanzig Meilen von der Insel Lepar entfernt.

Am Nachmittag tauchte ein Wasserflugzeug auf, zog fast eine Stunde über ihnen seine Kreise und entfernte sich, ohne den Versuch zu machen, das Boot zu versenken. Nicolson wandte sich an den Holländer van Effen und meinte:

»Sie scheinen noch immer recht zu haben, van Effen, mit Ihrer Prophezeihung: von den Flugzeugen haben wir nichts zu befürchten.«

»Hoffentlich«, knurrte van Effen, die Pistole in der Hand, um den ehemaligen Kapitän Siran und den Rest seiner Crew zu bewachen.

Doch als die Sonne ins Meer versank, tauchte — wiederum aus nördlicher Richtung — ein zweites Flugzeug auf. Aus rund neunhundert Metern kurvte es auf das Boot und die Menschen darin zu. Es war ein Jäger, der seine Zeit nicht mit Kreisen verlor. Als er auf eine knappe Meile heran war, kippte er nach unten — und schon stachen seine beiden Bordkanonen wie mit roten Messern in die Dämmerung. Die Geschosse schlugen klatschend auf dem Wasser auf, einige durchschlugen das Boot auf der einen Seite und heulten auf der anderen Seite wieder hinaus.

Der einzige, der sich zu wehren versuchte, war Brigadier Farnholme. Er riß das Schnellfeuergewehr hoch, zielte und drückte ab. Und der Jäger setzte zu keinem zweiten Angriff an. Er drehte scharf ab und entfernte sich eilig in der Richtung, aus der er gekommen war. Man sah das ausströmende Öl, das schwarze Striche über seinen glänzenden Rumpf zog.

Das Boot hatte zwei Treffer, zwei ernsthafte Lecks — und von den Menschen war einer — nur einer, erstaunlicherweise verwundet worden:

Ein Schrapnellsplitter hatte van Effen den Oberschenkel ziemlich übel aufgerissen.

Als Gudrun Drachmann ihn verbunden hatte, meinte er etwas skeptisch zu Nicolson: »Ich scheine meine magische Macht auf die japanischen Flugzeuge verloren zu haben.«

»Respektvoll wurden Sie allerdings nicht behandelt«, antwortete Nicolson und half van Effen das verletzte Bein hochzulegen.

In der Nacht vom dritten zum vierten Tag frischte der Wind auf und wurde in Minuten zu einem tropischen Unwetter. Es dauerte zehn Stunden lang. Zehn Stunden Sturm, Dunkelheit und kalter Regen. Sturzseen brachen fast pausenlos über das Heck, während die gesamte Mannschaft, soweit sie nicht krank oder verwundet war, die ganze Nacht hindurch um ihr Leben Wasser schöpfte.

Und dann war auch die lange, schwere Zerreißprobe dieser Nacht so unvermittelt zu Ende, wie sie begonnen hatte. Doch was folgte, war schlimmer als diese höllische Nacht.

Es gab keine Kameradschaft mehr... Wenn jeder seine kümmerliche Ration Wasser oder Dosenmilch oder Rohrzukker zugeteilt bekam — der Zwieback war schon nach zwei Tagen aufgebraucht —, wachten ein Dutzend gieriger Augen darüber, daß jeder genau das bekam, was ihm zustand, und nicht einen Tropfen oder einen Bissen mehr.

Es waren keine Menschen mehr, es waren nur noch Wracks von Menschen im Rettungsboot, das auf dem Südchinesischen Meer dahintrieb. Kapitän Findhorn lag in einem tiefen, ohnmachtähnlichen Schlaf. Nicolson hatte ihn vorsichtshalber mit einer Leine locker am Dollbard und einer der Duchten festgebunden.

Außer Nicolson gab es nur noch zwei Männer, die keinerlei Anzeichen von Schwäche oder gar Verzweiflung erkennen ließen: Bootsmann McKinnon und Brigadier Farnholme. McKinnon kauerte im Heck des Bootes, in der Hand fast immer die Pistole, um auf Siran und die restlichen Männer seiner Crew aufzupassen — aber auch auf die Überlebenden der untergegangenen ›Viroma‹, bei denen vor Hunger, Durst und Schmerzen der Ausbruch des Wahnsinns jeden Augenblick befürchtet werden wußte.

Der über sechzig Jahre alte Farnholme aber saß die meiste Zeit neben Miß Plenderleith, die sehr schwach geworden war, und unterhielt sich mit ihr leise. Wären die beiden dreißig Jahre jünger gewesen, so hätte Nicolson gewettet, daß der Brigadier in bezug auf Miß Plenderleith ernste Absichten hätte.

Gudrun Drachmann, die Krankenschwester, war kaum mehr wiederzuerkennen. Ihr Gesicht war eingefallen, die Backenknochen traten stark hervor und die furchtbare Narbe auf ihrer linken Wange schien größer geworden zu sein. Nicolson sah zu ihr hin. Sie schien zu schlafen. Die harte Kante der Bank drückte sich in ihre rechte Wange.

Vorsichtig hob er ihren Kopf, nahm eine Ecke der Decke und legte sie doppelt zwischen die Bank und ihr Gesicht. Dann, in einer sonderbaren Anwandlung, schob er sanft das dichte, blauschwarze Haar zurück, das ihr ins Gesicht gefallen war und die lange Narbe verdeckte. Einen Atemzug lang ließ er seine Hand leicht auf der Narbe liegen. Dann sah er in dem dämmrigen Licht das Schimmern ihrer Augen und wußte, daß sie wach war.

Er spürte keinerlei Verlegenheit und fühlte sich auch nicht ertappt. Lächelnd und wortlos sah er zu ihr hinunter. Sie erwiderte das Lächeln, rieb ihre vernarbte Wange zweimal sacht gegen seine Hand und richtete sich langsam auf.

Es war der heraufziehende Morgen nach der fünften furchtbaren Nacht ...

Plötzlich kam von vorn ein lauter Schrei. Nicolson fuhr herum und im gleichen Augenblick war auch McKinnon, der geschlafen hatte, hellwach und neben Nicolson.

Es war ein junger Soldat, der in Singapur an Bord der ›Kerry Dancer‹ gegangen war. Mit angstverzerrtem Gesicht starrte er auf einen Mann, der flach auf dem Rücken lag.

Der Mann hatte bisher keine große Rolle gespielt. Man wußte, daß er mohammedanischer Priester war und Achmed hieß. Mit Farnholme war er von der schiffbrüchigen ›Kerry Dancer‹ auf die ›Viroma‹ umgestiegen, und von der untergehenden ›Viroma‹ ins Rettungsboot.

Nicolson sprang zu ihm hin und sah auf ihn hinab. Seine Kniekehlen hingen über einer Ducht, seine Füße zeigten gen Himmel. Er war rücklins von der Ruderbank gefallen, auf der er gesesen hatte. Sein Kopf lag unten im Wasser. Und Nicolson sah: Achmed, der mohammedanische Priester, der schweigsame Mann, der höchstens einmal mit Farnholme ein paar Worte gewechselt hatte, war — tot.

Nicolson beugte sich zu ihm und fuhr mit der Hand unter Achmeds schwarzes Gewand, um nach dem Herzschlag zu fühlen. Doch er zog die Hand rasch wieder zurück. Die Haut Achmeds fühlte sich kalt und feucht an. Der Tod mußte schon vor mehreren Stunden eingetreten sein.

Er versuchte, ihn an den Schultern hochzuheben. Aber es war ihm nicht möglich, den Toten mehr als ein paar Zentimeter von der Stelle zu bewegen. Er versuchte es erneut — wieder vergeblich. Kopfschüttelnd sah er McKinnon an.

»Pack mit an«, sagte er.

McKinnon hob die eine Seite des leblosen Körpers hoch, während Nicolson sich so tief herunterbeugte, daß sein Gesicht fast im Wasser war.

Und im aufgehenden Licht des neuen Tages entdeckte er, weshalb es ihm nicht gelungen war, den Toten hochzuheben: zwischen den Schulterblättern steckte ein Messer, dessen Klinge bis zum Heft hineingestoßen war. Aber der Griff des Messers hatte sich unten zwischen den Bodenplanken festgeklemmt ...

Nicolson stand langsam auf und fuhr sich mit dem linken Arm über die Stirn. Sein rechter Arm hing herunter, die Hand aber umspannte mit festem Griff den Kolben seines Colts. Er konnte sich nicht erinnern, die Waffe aus der Tasche gezogen zu haben. Die Menschen im Boot waren — wie auf einen geheimen Befehl — plötzlich alle wach geworden.

»Dieser Mann ist tot«, sagte Nicolson. »In seinem Rücken steckt ein Messer. Der Mörder ... der Mörder sitzt in diesem Boot ...«

»Tot? Er ist tot, haben Sie gesagt? Mit einem Messer im Rücken?«

Farnholme kam hastig nach vorn und kniete neben dem mohammedanischen Priester nieder. Im nächsten Augenblick war er schon wieder hoch. Sein Mund war ein schmaler Strich.

»Geben Sie mir die Pistole, Nicolson. Ich weiß, wer es war!«

»Hände weg!« sagte Nicolson scharf und überlaut. Mit steifem Arm hielt er sich Farnholme vom Leib. »Tut mir leid, Brigadier, aber solange der Kapitän nicht bei Bewußtsein ist, habe ich hier an Bord das Kommando. Ich kann es nicht zulassen, daß Sie selbstherrlich Justiz üben wollen. Und wer ist Ihrer Meinung nach der Mörder?«

»Siran, wer denn sonst!«

Farnholme hatte sich wieder einigermaßen in der Gewalt, aber in seinen Augen stand noch immer die kalte Wut.

»Sehen Sie ihn doch an, Nicolson, wie er dasitzt und scheinheilig grinst. Dieser Hund ... dieser ganz und gar verdammte Meuchelmörder!«

»Und warum meinen Sie, Brigadier, daß es Siran gewesen sein muß?«

»Herrgott noch mal, Mann, natürlich war es Siran!« Farnholme zeigte auf den Priester. »Wir suchen nach einem Mann, der imstande ist, kalten Bluts einen Mord zu begehen, nicht wahr? Wer sollte es denn sonst getan haben, wenn nicht

Siran? Vielleicht ich oder unsere beiden Damen, vielleicht van Effen oder McKinnon oder Sie?«

»Vernünftig sind wir alle nicht mehr, Brigadier«, sagte Nicolson. »Sie wissen, ich würde keine einzige Träne vergießen, wenn wir Siran erschießen müßten. Aber dazu müssen wir doch erst mal Beweise haben.«

»Beweise?« Farnholme begann schallend zu lachen. Es war ein Lachen, das nicht echt klang, sondern gekünstelt, erzwungen. Dann fuhr er fort:

»Der Fall ist doch sonnenklar. Achmed saß mit dem Gesicht nach achtern — oder nicht?«

»Scheint so zu sein, wie Sie sagen.«

»Es scheint nicht so, es ist so«, erwiderte der Brigadier ungewöhnlich scharf. Doch dann war seine Stimme wieder ganz ruhig, als er erklärte: »Und Achmed wurde in den Rücken gestochen. Also muß der Mörder vorn im Boot gesessen haben. Noch weiter vorn als Achmed saßen aber nur die drei Leute — Siran und seine beiden Killer ...«

»Unser guter Freund, der Brigadier, ist offenbar überreizt«, mischte sich Siran, der einstige Kapitän der ›Kerry Dancer‹, ins Gespräch. Seine Stimme war so glatt und ausdruckslos wie sein Gesicht. »Ist auch kein Wunder. Wenn man viele Tage und Nächte im offenen Boot in den tropischen Gewässern unterwegs ist, kann das auf manche Menschen eine verheerende Wirkung haben.«

Farnholme ballte die Fäuste und wollte sich auf Siran stürzen. Doch Nicolson und McKinnon hielten ihn mit Gewalt fest.

»Machen Sie keine Dummheiten«, sagte Nicolson sehr barsch. »Durch Gewalttätigkeit wird nichts besser. Außerdem können wir uns in einem so kleinen Boot keine Prügelei leisten.«

Er ließ Farnholmes Arm los und schaute nachdenklich zu den drei Männern vorn im Bug.

»Außerdem«, sagte der Brigadier mit äußerster Beherrschung, »er ist nicht nur tot, auch sein Koffer fehlt!«

Nicolson erinnerte sich, daß Achmed einen Segeltuchkoffer bei sich hatte, den er nicht aus den Augen ließ.

»Der war leicht, der würde nie sinken«, sagte Nicolson.

»Ich fürchte, er ist doch gesunken«, sagte McKinnon. »Der Anker ist nicht mehr da.«

»Da haben Sie es also«, sagte Farnholme ungeduldig. »Man hat Achmed umgebracht, dann hat man seinen Koffer über Bord geworfen, mit dem Anker beschwert. Und da vorn im Bug hat niemand gesessen als diese verdammten drei Mörder!«

Sein Atem ging heftig, an seinen geballten Fäusten traten die Knöchel weiß hervor, er ließ Siran keine Sekunde aus den Augen.

»Und wie steht es mit dem Rest der Geschichte?« fragte Nicolson.

»Mit dem Rest von welcher Geschichte?«

»Sie wissen sehr gut, was ich meine. Wenn die drei da vorn ihn umgebracht haben, ausgerechnet ihn, den stillen, schweigsamen Achmed, dann ... dann mußten sie doch einen Grund haben, Brigadier?«

»Zum Teufel, wie soll ich wissen, warum sie's getan haben!«

Nicolson seufzte. »Hören Sie mal, Farnholme, halten Sie uns nicht für schwachsinnig. Natürlich wissen Sie es. Erstens richtete sich Ihr Verdacht sofort gegen Siran. Zweitens vermuteten Sie gleich, daß Achmeds Koffer nicht mehr da sei. Und drittens hatte ich den Eindruck, daß Achmed Ihnen nicht ganz fremd ist, auch wenn Sie sich kaum mit ihm unterhalten haben.«

Irgend etwas flackerte in Farnholms Augen, ganz von fern und nur für einen kurzen Augenblick. Der kurze Ausdruck einer Regung, auf die Siran zu antworten schien. Er kniff die Lippen zusammen, er schien mit Farnholme einen raschen Blick zu wechseln. Aber Nicolson war nicht sicher, ob er es sich nicht nur eingebildet hatte. Auch nur der leiseste Verdacht, diese beiden Männer könnten unter einer Decke stecken, war völlig absurd, geradezu lächerlich.

Farnholme schwieg eine Weile, dann sagte er: »Ich denke, Sie haben ein Anrecht darauf, die ganze Wahrheit zu erfahren!« Er machte den Eindruck eines ganz beherrschten Mannes, aber man sah seinem Gesicht dennoch an, wie fieberhaft seine Gedanken arbeiteten. »Es kann niemandem mehr schaden, weder jetzt noch in Zukunft.«

Eine Weile sah er Siran an, dann starrte er nach unten auf den Toten, der zu seinen Füßen lag.

»Er hieß nicht Achmed«, sagte der Brigadier. »Sein richtiger Name war Jan Bekker — ein Landsmann unseres van

Effen. Hat viele Jahre in Borneo gelebt, war Repräsentant einer großen Amsterdamer Firma und außerdem noch alles mögliche andere.«

»Was war dieses andere?« fragte Nicolson.

»Ich bin nicht ganz sicher, aber wahrscheinlich ein Agent der holländischen Regierung. Ich weiß nur soviel, daß er vor einigen Wochen in Borneo eine gutorganisierte japanische fünfte Kolonne hochgehen ließ. Außerdem hat er es fertiggebracht, sich eine vollständige Liste aller japanischen Agenten in Indien, Burma, Malaya zu verschaffen, und diese Liste befand sich in seinem Koffer. Für die Alliierten wäre sie ein Vermögen wert gewesen. Die Japaner wußten, daß er im Besitz dieser Liste war. Sie haben einen phantastischen Preis auf seinen Kopf ausgesetzt — tot oder lebendig. Und eine ähnlich hohe Belohnung haben sie dem versprochen, der ihnen die Agentenliste zurückholt oder sie zerstört.«

»Woher wissen Sie das, Brigadier?« fragte Nicolson kurz.

»Er hat es mir selber erzählt. Und — Siran muß es auf irgendeine Weise erfahren haben.«

»Das war also das Motiv für den Mord?«

»Das war es. Siran hat sich die Belohnung verdient. Aber ich schwöre bei Gott, Nicolson, er wird nicht die Gelegenheit haben, das Sündengeld zu kassieren!«

»Und weshalb wurde Bekker, oder wie er sonst hieß...«

»Er hieß Bekker, Jan Bekker«, entgegnete Farnholme scharf.

»Gut, Brigadier... warum aber wurde er als Priester verkleidet?«

»Es war meine Idee«, sagte Farnholme. »Sie müssen wissen, daß überall fieberhaft nach Bekker gefahndet wurde. In der Maske eines mohammedanischen Priesters würde ihn kaum jemand vermutet haben.«

»Dann ist es ein Wunder, daß er es so lange geschafft hat«, sagte Nicolson. Sein Gesicht verdüsterte sich. Er sah auf den Toten im Boot, er musterte den Brigadier und sagte:

»Und deshalb waren also die Japaner so eifrig hinter uns her — seit Singapur?«

»Ja, verdammt noch mal, Mann, nach allem, was ich Ihnen jetzt erzählt habe, dürfte das wohl sogar einem kleinen Kind klar sein!«

Farnholme schüttelte ungeduldig, fast beleidigend den Kopf und zeigte mit der Hand auf Siran. In seinen Augen war nicht mehr die Wut, sondern nur noch kalte, unerbittliche Entschlossenheit. »Ich würde eher eine Kobra in diesem Boot frei herumkriechen lassen als diesen Hund von einem Mörder. Ich möchte nicht, daß Sie sich die Hände blutig machen, Nicolson. Ich erledige es für Sie. Geben Sie mir Ihren Colt!«

»Nein!« sagte Nicolson.

»Obwohl Sie wissen, daß keiner von uns seines Lebens sicher ist, solange der da lebt?«

»Auch ein Mörder hat Anspruch auf ein ordentliches Gericht, Brigadier!«

»Großer Gott ... ordentliches Gericht? In unserer Situation? Hier handelt es sich darum, mit dem Leben davonzukommen!«

»Lassen wir's Brigadier. Bitte, gehen Sie auf Ihren Platz. Die Sicherheit der Insassen dieses Bootes liegt mir genauso am Herzen wie Ihnen.«

Er wandte sich an den Bootsmann McKinnon und befahl ihm: »Schneiden Sie eine Leine in drei Teile — und beschäftigen Sie sich anschließend mit den drei Figuren da vorn! Es macht nichts, wenn die Knoten etwas drücken!«

Siran zog die Augenbrauen hoch. »Und wenn wir uns einer solchen Behandlung widersetzen?«

Nicolson blieb ungerührt, als er sagte: »Dann kann ich auch dem Brigadier die Pistole überlassen!«

»Sie werden es büßen«, knirschte Siran.

»Vielleicht. Jetzt ist es jedenfalls das Beste, was ich tun kann«, sagte Nicolson.

McKinnon entledigte sich mit einer grimmigen Befriedigung und mit großer Gründlichkeit seines Auftrags. Als er fertig war, waren die drei Männer an Händen und Füßen gefesselt, unfähig, sich auch nur im geringsten zu bewegen, so straffgezogen waren die Stricke. Die Enden der drei Stricke hatte er an dem eisernen Ring am Vordersteven befestigt.

Farnholme saß wieder neben Miß Plenderleith und unterhielt sich leise mit ihr. Aber er sah sie nicht an, sondern beobachtete unverwandt die drei Gefesselten im Bug des Boots. Auf dem Sitz neben ihm lag sein Karabiner.

Wie ein großer brennender Ball rollte die Sonne über den östlichen Horizont herauf. Der siebente Tag begann, und Nicolson wußte, daß es wieder ein höllischer Tag werden würde.

Er ging zu van Effen, der mit verbundenem Oberschenkel und — wie es schien — halb ohnmächtig auf dem Boden des Rettungsboots lag. Doch als der Schatten Nicolsons über ihn fiel, schlug er die Augen auf.

»Schmerzen?« fragte der Erste Offizier.

»Der Kapitän ist übler dran — mit einem Steckschuß in der Lunge ... und das schon acht Tage lang ...«

Nicolson beugte sich näher zu van Effen herab. Er wollte nicht, daß jemand mithörte. Er warf noch einen schnellen Blick zum Brigadier, der sich noch immer mit Miß Plenderleith unterhielt.

»Sie sind doch wirklich Holländer?« begann Nicolson.

»Wenn ich mich recht erinnere, ja«, antwortete van Effen.

»Was soll das heißen?«

»Nicht viel — nur daß es jetzt keine Rolle mehr spielt, was einer mal war, Holländer oder Engländer oder ... Jetzt sind wir halbverdurstet, halbverhungert, halbverrückt ... was weiß ich, was wir jetzt sind ...«

Nicolson beugte sich noch tiefer zu van Effen, seine Stimme wurde fast zum Flüstern.

»Sagen Sie, van Effen, Sie kennen doch den Brigadier ziemlich lange?«

»Es tut mir leid ... der alte Säufer hätte einen besseren Abgang verdient ... war immer ein ganz amüsanter Kerl ... nun wird er mit uns absaufen.«

Nicolson fluchte innerlich vor sich hin, aber er zwang sich zur Beherrschung.

»Sagen Sie, van Effen, wenn Sie Holländer sind und wenn Sie den Brigadier lange kennen, dann müssen Sie doch eigentlich auch einen Holländer mit Namen Jan Bekker kennen?«

Van Effen antwortete nicht gleich. Er zog das verletzte Bein an und preßte die Lippen zusammen. Dann entspannte er sich wieder und schien angestrengt nachzudenken.

»Jan Bekker ... Jan Bekker ...?« murmelte er vor sich hin. »Ach«, sagte er dann, »Holland ist groß, Sir, und ich habe nicht mehr alle fünf Tassen im Schrank. Vielleicht habe ich mal einen Jan Bekker gekannt, vielleicht auch nicht. Tut mir leid, ich kann mich beim besten Willen nicht mehr erinnern.«

Er schaute zum wolkenlosen Himmel hinauf und kniff die Augen zusammen, als ihn der glutrote Ball der Sonne blendete. »Wird wieder ein furchtbarer Tag werden, Nicolson!«

Er drehte sich zur Seite, wimmerte leise vor sich hin und schloß die Augen.

Aber er hörte, wie Nicolson aufstand und über die Sitze kletterte. Wie im Halbschlaf wälzte er sich auf die andere Seite, aus zusammengekniffenen Augen beobachtete er Nicolson, der sich zum Bootsmann McKinnon setzte. Er sah und hörte alles — und er war trotz der Schmerzen, die ihn peinigten und die er nicht vorgetäuscht hatte, zufrieden mit der Rolle, die er vor dem Ersten Offizier gespielt hatte.

McKinnon nahm die Schöpfkelle und den Maßbecher, um die morgendliche Wasserration zu verteilen, drehte aber plötzlich den Kopf zu Nicolson herum.

»Noch ein verdammt weiter Weg bis Australien, Sir«, sagte der Bootsmann.

Nicolson zuckte mit den Schultern. Sein Gesicht war überschattet von Sorge.

»Vielleicht war meine Entscheidung falsch«, sagte er. »Aber ich kann Siran nicht einfach über den Haufen schießen oder schießen lassen — noch nicht!«

»Der Kerl wartet nur auf eine passende Gelegenheit, Sir, um uns umzulegen. Er ist ein kaltblütiger Killer. Sie haben doch gehört, was der Brigadier erzählt hat?«

»Ja, ich habe es gehört.«

Nicolson nickte und sah zu Farnholme, streifte dann van Effen mit einem schnellen Blick und sagte:

»Ich habe van Effen auszufragen versucht, McKinnon. War etwas mühsam. Er scheint nicht ganz klar zu sein. Aber — einen Jan Bekker scheint er wirklich nicht zu kennen.«

McKinnon pfiff leise vor sich hin. »Merkwürdig, obwohl dieser van Effen angeblich lange mit dem Brigadier beisammen war?«

»Das ist es ja gerade. Und jetzt können Sie mich auslachen, wenn Sie wollen. Ich für meine Person habe dem Brigadier kein einziges Wort geglaubt. Ich bin der Meinung, die ganze Geschichte, die er uns von dem als mohammedanischen Priester verkleideten Jan Bekker erzählt hat, war von Anfang bis Ende erstunken und erlogen.«

»Aber, Sir, was sollte er für einen Grund gehabt haben?«

»Es wird sich noch herausstellen«, antwortete Nicolson. Er sah jetzt sehr müde aus, abgespannt. »Es wird sich herausstellen, falls wir die nächsten Stunden überleben!«

Sieben Tage und sieben Nächte schon trieben die zwei Frauen und die zwanzig Männer im Rettungsboot durch die Südchinesische See. Nicolson, der Erste Offizier, wußte ziemlich genau, wo sie sich befanden. Am Morgen des siebenten Tages hatte er mit Hilfe des Sextanten die Position festgestellt:

»Rund fünfzig Meilen genau östlich der Küste von Sumatra«, sagte er zum Bootsmann McKinnon.

McKinnon nickte nur; denn er dachte: Noch achtundvierzig Stunden — und die meisten von uns werden nicht mehr am Leben sein. Und wenn es in den nächsten vierundzwanzig Stunden nicht Regen oder Wind gab, dann war es unwichtig, ob es überhaupt noch jemals Regen und Wind gab.

An diesem Morgen des siebenten Tages erwachte Kapitän Findhorn aus seiner Ohnmacht. Er schien auch entschlossen, das Bewußtsein nicht wieder zu verlieren. Daß ein Mann, der ein Geschoß in der Lunge oder in den Rippen stecken hatte, die entsetzlichen Strapazen der vergangenen Woche überlebt haben sollte — noch dazu ohne jede ärztliche Versorgung oder Medikamente —, war ein Wunder. Er hatte keine Frau, keine Familie, für die es sich lohnte zu leben. So war es wahrscheinlich nur sein Verantwortungsgefühl, das ihn am Leben erhielt.

Der Mittag kam und verging. Die Sonne überschritt den Zenit, und die Hitze wurde noch schlimmer. Im Boot schien alles Leben ausgelöscht, ausgebrannt. Doch dann, kurz nach drei Uhr nachmittags, kam plötzlich der Umschwung. Es war Bootsmann McKinnon, der es zuerst bemerkte und begriff, was es bedeutete. Er preßte seine Finger in Nicolsons Arm und rüttelte ihn wach.

»Was ist los, Bootsmann?« fragte Nicolson noch schläfrig. »Ist etwas passiert?«

»Wind, Sir!« sagte McKinnon. Seine Stimme war nur ein leises heiseres Flüstern.

Nicolson schaute auf den Horizont im Norden und im Osten. Weit hinten begann eine indigoblaue Wolkenbank über den Horizont heraufzusteigen.

Er war fast irrsinnig vor Freude, faßte das schlafende Mädchen an der Schulter und schüttelte es.

»Gudrun! Aufwachen, aufwachen!«

Sie bewegte sich, schlug die Augen auf und sah ihn an: »Was ist los, Johnny?«

Nicolson lächelte: »Eine Wolke, Mädchen! Eine herrliche, herrliche Regenwolke!«

Die Lähmung fiel von allen ab, man hätte sie für zum Tod Verurteilte halten können, die soeben erfuhren, sie seien begnadigt worden. Sie begannen alle wieder zu hoffen.

»Was meinen Sie, mein Junge, wie lange es dauern wird?« fragte Farnholme.

Nicolson richtete den Blick nach Nordosten. »Schwer zu sagen, anderthalb Stunden vielleicht.« Er sah zum Kapitän hinüber: »Was meinen Sie, Sir?«

»Weniger«, sagte Findhorn. »Mir scheint, der Wind nimmt zu.«

»Warum haben Sie dann noch nicht Segel gesetzt?« fragte Farnholme.

»Weil wir glauben, daß wir Regen bekommen«, erklärte Nicolson dem Brigadier geduldig. »Und dann müssen wir das Wasser mit irgend etwas auffangen können.«

Danach wurde es wieder still im Boot, und fast eine Stunde lang fiel kein Wort. Keiner schloß jedoch die Augen und schlief wieder ein. Alle, fast alle, starrten unverwandt auf die Wolkenbank an Steuerbord, die beständig größer und dunkler wurde.

So sahen sie auch nicht, daß einer der jungen Soldaten — Alex Sinclair hieß er und er war halb wahnsinnig geworden — plötzlich von krampfhaften Zuckungen geschüttelt wurde. Gudrun Drachmann bemerkte es zuerst. Sie fuhr von ihrem Sitz hoch und kletterte so schnell wie möglich nach vorn. Doch der Soldat gab ihr einen Stoß, als sie zu ihm kam, so daß sie taumelte und gegen den Brigadier fiel.

Nun wurden auch die anderen aufmerksam. Doch schon riß sich Sinclair das Hemd vom Leib, lachte gellend und sprang über Bord. Klatschend schlugen die Wellen über ihm zusammen.

Doch schon war von achtern ein zweiter Klatscher zu hören. McKinnon war ebenfalls über Bord gesprungen, um den jungen Soldaten zu retten. Nicolson war in der nächsten Sekunde an der Bordwand, ergriff einen Bootshaken und kniete sich auf die Bank. Fast automatisch hatte er seinen Colt herausgeholt und hielt ihn in der anderen Hand. Der Bootshaken war für

McKinnon bestimmt, die Pistole für den jungen Soldaten. Der von panischer Angst diktierte Klammergriff eines Ertrinkenden war schon übel genug. Der Himmel allein mochte wissen, mit welcher Kraft sich ein ertrinkender Irrer festklammern würde.

Der junge Soldat ruderte etwa sechs Meter vom Boot entfernt mit wilden Bewegungen im Wasser umher. McKinnon, der eben wieder aufgetaucht war, schwamm entschlossen auf ihn zu.

In dieser Sekunde wurde Nicolson etwas gewahr, was ihm das Herz stocken ließ. Und schon ließ er den Bootshaken in weitem Bogen durch die Luft sausen, daß er keine zehn Zentimeter von McKinnons Schulter entfernt ins Wasser klatschte. Der Bootsmann griff instinktiv danach.

»Zurück, Mann, zurück!« brüllte Nicolson. »Schnell, um Gotteswillen, schnell, McKinnon!«

Der Bootsmann fing sofort an, auf das Boot zuzuschwimmen und schrie plötzlich laut auf vor Schmerz. Den Bruchteil einer Sekunde später schrie er ein zweitesmal. Mit fünf heftigen Stößen war er längsseits am Boot, ein halbes Dutzend Hände griffen nach ihm und zogen ihn kopfüber ins Boot. Mit dem Gesicht nach unten schlug er auf die Bodenplanken. In dem Augenblick, als seine Beine ins Boot kamen, ließ etwas Graues, anzusehen wie ein Reptil, McKinnons Wade los, in die es seine Zähne geschlagen hatte, und glitt lautlos zurück ins Wasser.

»Um Gottes willen — was war das?«

Gudrun hatte mit einem flüchtigen Blick das bösartige Gebiß und den widerlichen, schlangenartigen Körper erspäht. Ihre Stimme zitterte.

»Barracuda?« flüsterte sie entsetzt. Der Klang ihrer Stimme ließ keinen Zweifel daran, daß sie über diesen gierigsten Mörder unter den Raubfischen genau Bescheid wußte. »Wir müssen Sinclair helfen!« schrie sie.

»Da ist nichts mehr zu machen«, sagte Nicolson. Es kam rauher heraus, als er es gewollt hatte. »Für den kann keiner mehr etwas tun.«

Noch während er es sagte, drang das schrille Geschrei des jungen Soldaten, der den Untergang der ›Kerry Dancer‹ und der ›Viroma‹ überstanden hatte und während der sieben Tage und Nächte im Rettungsboot irrsinnig geworden war, über das Wasser her an ihre Ohren.

Es war ein halb menschlicher, halb tierischer Schrei, und er kam wieder und wieder. Seine Hände schlugen das Wasser zu Schaum, während er sich wie besessen irgendwelcher unsichtbarer Feinde zu erwehren suchte.

Der Colt in Nicolsons Hand krachte sechsmal hintereinander und ließ das Wasser rings um den jungen Soldaten aufspritzen. Rasche und ungezielte Schüsse, die kaum in der Absicht abgegeben wurden, etwas zu treffen. Man hätte sie fast fahrlässig nennen können — mit Ausnahme des ersten Schusses.

An diesem ersten Schuß war nichts Fahrlässiges gewesen. Er hatte den jungen Soldaten genau in den Kopf getroffen.

Lange bevor der Pulvergeruch und der dünne, blaue Rauch, der aus der Mündung der Pistole stieg, im Wind nach Süden verweht waren, hatte sich das Wasser wieder beruhigt. Alex Sinclair war verschwunden, unsichtbar verschwunden unter dem stahlblauen Spiegel der See.

Gudrun Drachmann hielt die Hände vor ihr Gesicht. Sie hielt sie so fest vor ihr eingefallenes Gesicht, daß sie auch Nicolson nicht lösen konnte. So saß er neben ihr und hatte die Hand auf ihrer Schulter. Er wollte etwas sagen, aber er sah ein, daß es besser war, zu schweigen.

Zwanzig Minuten später war die See nicht mehr blau, sondern ein milchiges, schaumiges Weiß. In dichten Schleiern strichen die Regenböen von der einen Seite des Horizonts zur anderen. Drei Stunden später regnete es noch immer.

Im Rettungsboot waren sie alle klatschnaß bis auf die Haut. Sie schauerten in dem kalten Regen, der die dünnen Baumwollstoffe eng an die Körper klebte. Aber sie waren glücklich. Sie hatten ihren entsetzlichen Durst gestillt und sich satt getrunken. Der kalte Regen kühlte ihren Sonnenbrand und die Blasen auf ihrer Haut. Und deswegen fühlten sie alle wieder Hoffnung auf Rettung. Der Wind trieb das Boot schnell der Küste von Westjava entgegen.

Wie so oft war es auch diesmal Bootsmann McKinnon, der es als erster gesehen hatte, als weit hinten die Regenschleier aufrissen: ein langgestrecktes, niedriges Etwas, rund zwei Meilen von ihnen entfernt. Sie hatten keinen Grund, auf irgend etwas anderes gefaßt zu sein als auf das Schlimmste. Innerhalb von Sekunden hatten sie die zerfetzten Segel geborgen, den Mast aus der Ducht gehoben und unten im Boot verstaut, so daß sie selbst auf kürzeste Entfernung nichts anderes zu sein schienen als ein unbemanntes Boot, kaum zu sehen in den Schleiern der Regenböen.

Und doch hatte man sie gesehen. Das langgestreckte, graue Etwas hatte seinen Kurs geändert, hatte abgedreht in die Richtung, in der sie dahintrieben.

Nicolson hatte als erster mit ungläubigem Staunen den Bootstyp identifiziert, und dann hatten auch Findhorn, McKinnon, Walters, Vannier und andere erkannt, was es war. Irgendein Zweifel war nicht möglich. Es war ein Motortorpedoboot der US-Navy.

Diese Boote der amerikanischen Marine konnte man mit keinem anderen Fahrzeug verwechseln. Der geschwungene Bug, der einundzwanzig Meter lange Rumpf, angetrieben von drei starken Schnellbootmotoren, die Torpedorohre und die Flakwaffen waren unverkennbar amerikanisch.

Das Fahrzeug hatte keine Flagge gesetzt. Doch eben jetzt hißte ein Matrose an Bord des Schnellboots eine große Flagge, die sich entrollte und steif im Fahrtwind stand. Und es gab keine andere Flagge, die so leicht zu identifizieren war wie das Sternenbanner.

Im Rettungsboot standen alle aufrecht — mit Ausnahme von van Effen — und winkten dem Torpedoboot zu. Von Bord des Torpedoboots winkten zwei Leute zurück, einer von der Brücke, der andere vom Vorschiff. Dann verminderte das Torpedoboot plötzlich seine Fahrt, die Schrauben schlugen rückwärts. Noch ehe das Fahrzeug gänzlich gestoppt hatte, schnellten zwei Leinen durch die Luft. Sie fielen genau vorn und achtern ins Rettungsboot. Das ganze Manöver erfolgte mit einer Präzision, die ein Zeichen für eine glänzend eingespielte Besatzung war.

Dann lagen beide Fahrzeuge Seite an Seite. Nicolson hatte die eine Hand auf die Bordwand des Torpedoboots gelegt und die andere erhoben, um einen kleinen, ziemlich untersetzten Mann zu begrüßen, der soeben an Deck erschienen war.

»Hallo!« rief Nicolson und grinste dabei von einem Ohr bis zum andern, »Bruder im Herrn, was sind wir froh, euch zu sehen!«

»Was meinen Sie, wie froh wir erst sind, Sie zu sehen!« In dem sonnenverbrannten Gesicht des Mannes blitzten die weißen Zähne, dann machte er eine kaum sichtbare Bewegung mit der Linken. Die drei Matrosen brachten in der gleichen Sekunde mit einem Ruck ihre Maschinenpistolen nach vorn und hielten sie unbeweglich im Anschlag. Auch der kleine, untersetzte Mann hielt jetzt in seiner Rechten eine Pistole.

»Ich fürchte allerdings«, sagte er, »daß sich Ihre Freude als sehr viel kurzlebiger erweisen wird als unsere. Und außerdem muß ich Sie ernstlich bitten, sich nicht zu rühren!«

Nicolson hatte das Gefühl, als habe er einen Tritt in den Magen bekommen. Doch es gelang ihm, mit einigermaßen fester Stimme zu fragen:

»Was soll dieser schlechte Witz?«

Der andere verbeugte sich leicht. Jetzt erst sah Nicolson die untrügliche Schrägstellung der Augen, an deren Winkeln sich die Haut straffte. Der kleine Mann zeigte wortlos mit der freien Hand auf den Flaggenmast. Das Sternenbanner war verschwunden. An seiner Stelle entfaltete sich die Flagge mit der aufgehenden Sonne Japans.

»Eine unerfreuliche Kriegslist, nicht wahr? Genau wie dieses Boot und – leider – das einigermaßen angelsächsische Aussehen meiner Leute und meiner eigenen Wenigkeit. Obwohl man uns aus diesem Grunde speziell für diese Aufgabe ausgesucht hat, kann ich Ihnen versichern, daß wir nicht sonderlich stolz darauf sind.«

Er sprach ein ausgezeichnetes Englisch, mit betont amerikanischem Akzent.

»Wir haben Sie seit langer Zeit erwartet«, fuhr er fort. »Sie sind uns sehr herzlich willkommen!«

Er brach plötzlich ab und richtete den Lauf seiner Pistole auf den Brigadier, der aufgesprungen war und mit einer leeren Whiskyflasche ausholte. Der japanische Offizier krümmte unwillkürlich den Finger, der am Abzug lag, machte ihn dann aber langsam wieder lang, als er sah, daß der Schlag mit der Flasche nicht ihm gegolten hatte, sondern van Effen.

Van Effen machte eine halbe Wendung, als er den Schlag Farnholmes kommen sah, doch er hob zu spät den Arm zur Abwehr. Die schwere Flasche traf ihn direkt über dem Ohr. Er fiel über der Ducht zusammen, als habe ihn ein tödlicher Schuß getroffen.

Der japanische Offizier starrte Farnholme an. »Keine Bewegung mehr, alter Mann! Sind Sie wahnsinnig geworden?«

»Nein, ich nicht – aber der hier«, sagte Farnholme und zeigte auf den leblos im Boot liegenden van Effen. »Er wollte eben nach seiner Pistole greifen, als mein Schlag ihn traf. Glauben

Sie, ich wollte auf so idiotische Weise sterben — nach allem, was ich durchgemacht habe?«

Wütend starrte er auf den am Boden liegenden van Effen und ließ die Whiskyflasche achtlos fallen.

»Sie scheinen ein vernünftiger alter Mann zu sein«, sagte der Japaner. »Jeder Widerstand wäre in der Tat mehr als sinnlos!«

Es war wirklich nichts zu machen. Es gab keinen Ausweg mehr. Nicolson war sich darüber klar. Er sah zu Gudrun Drachmann hinüber. Er konnte in ihrem Gesicht keine Furcht entdecken, doch über der Schläfe, dort, wo die Narbe unter dem Haaransatz verschwand, sah er eine rasch und heftig klopfende Ader.

Und Nicolson schaute auf die anderen im Boot. Auf allen Gesichtern Furcht, Verzweiflung, Fassungslosigkeit und Trauer. Die Trauer dessen, der verloren hat. Das heißt, nicht auf allen Gesichtern. Sirans Miene war so ausdruckslos wie immer. McKinnons Augen glitten vom Boot zum Kriegsfahrzeug und wieder zum Boot, als suchten sie noch eine letzte selbstmörderische Chance zum Widerstand.

Der Brigadier aber hatte seinen Arm um die mageren Schultern von Miß Plenderleith gelegt und flüsterte ihr irgend etwas ins Ohr.

Im nächsten Augenblick ließ er den Arm sinken, nahm den schwarzen Reisekoffer, den er all die Tage wie sein kostbarstes Gut gehütet hatte, und trat an den Rand des Bootes. Ein Schritt nur noch, und er wäre auf dem Torpedoboot gewesen.

»Was — was haben Sie vor, Brigadier?« fragte Nicolson.

Farnholme sah zu ihm hin, sagte aber nichts. Er lächelte nur. Seine Oberlippe verzog sich unter dem weißen Schnurrbart langsam zur völligen Verachtung, als er auf den bewußtlosen van Effen herabschaute. Dann hob er den Blick zu dem japanischen Offizier und deutete mit dem Daumen auf Nicolson:

»Falls dieser Narr da versuchen sollte, irgendeinen Unfug anzustellen, so schießen Sie ihn nieder!

Nicolson starrte Farnholme an. Er traute seinen Ohren nicht. Fragend schaute er auf den Japaner, über dessen Gesicht ein breites Grinsen ging.

Dann begann der Japaner in einer Sprache, die für Nicolson

völlig unverständlich war, rasch auf Farnholme einzureden. Und Farnholme antwortete ihm fließend in derselben Sprache.

Noch ehe Nicolson begriffen hatte, was hier gespielt wurde, griff Farnholme in seinen Koffer und holte eine Pistole heraus. Dann machte er sich auf den Weg zur Bordwand, den Koffer in der einen, die Pistole in der anderen Hand.

Schon mit einem Fuß auf dem Torpedoboot, sah Farnholme lächelnd auf Nicolson hinunter: »Dieser freundliche Herr sagte, wir seien ihm willkommen. Ich fürchte, es bezog sich nur auf mich. Wie Sie selbst sehen können, Mister Nicolson, bin ich sogar ein hochwillkommener Gast.«

Mit einem — wie es schien — etwas ängstlichen Blick streifte er noch einmal die Gestalt van Effens. Als er sah, daß van Effen sich nicht bewegte, sprach er wieder zwei Minuten japanisch mit dem Offizier. Die ersten schweren Tropfen eines neuen Gewitterregens klatschten auf das Deck des Torpedoboots.

Dann sah Farnholme noch einmal zu Nicolson hinab, schwang sich mit einem elastischen Schritt vom Rettungsboot ab und sagte:

»Das Torpedoboot wird Sie in Schlepp nehmen.«

Er verbeugte sich ironisch und fuhr fort: »Verzeihen Sie, beinahe hätte ich meine guten Manieren vergessen. Schließlich muß sich ja der Gast höflicherweise beim Abschied von seinen Gastgebern verabschieden...«

Er machte eine kleine Kunstpause und lächelte. »Kapitän Findhorn, Mister Nicolson — meinen verbindlichen Dank. Seien Sie bedankt dafür, daß Sie mich mitgenommen haben. Und meinen besonderen Dank für Ihre navigatorische Geschicklichkeit. Sie haben mich genau an die Stelle gebracht, wo ich mich mit meinen japanischen Freunden verabredet habe!«

»Sie verdammter Verräter!« sagte Nicolson langsam.

Farnholme schüttelte bekümmert den Kopf. Er tat, als habe er es nicht gehört. »Eine letzte Bitte — grüßen Sie doch Herrn van Effen von mir besonders herzlich... wenn er jemals wieder aufwachen sollte.«

Er winkte lässig und ironisch mit der Hand: »Meine Damen und Herren — wir leben in einer harten und grausamen Welt. Man muß zusehen, wie man auf irgendeine Weise sein Auskommen in ihr findet. Au revoir — auf Wiedersehen... es war mir wirklich ein Vergnügen, Sie kennengelernt zu haben.«

Einen Augenblick später war Farnholme unter Deck verschwunden. Drei japanische Matrosen waren zur gleichen Sekunde ins Rettungsboot gesprungen, die Maschinenpistolen im Anschlag, während sie die Schleppseile festzurrten.

In dicken kalten Schauern prasselte der Regen herab auf die Menschen im Rettungsboot...

Lange Zeit fiel an Bord des Rettungsbootes kein Wort. Dann hörte Nicolson, wie Miß Plenderleith seinen Namen rief. Er drehte sich zu ihr um. Sie saß auf der Bank an Steuerbord, gerade und aufrecht wie ein Lineal, und starrte unverwandt auf die Stelle des Torpedoboots, an der Farnholme zuletzt gestanden hatte. Ihre Hände lagen gefaltet auf dem Schoß, und ihre Augen standen voller Tränen. Die Tränen rollten langsam über ihre faltigen Wangen und fielen auf ihre gefalteten Hände.

»Was ist, Miß Plenderleith?« fragte Nicolson behutsam.

Doch schon traf ihn ein kalter, harter Gegenstand hinten am Hals. Er fuhr herum und starrte in das Gesicht eines Japaners, der ihn mit dem Lauf seiner Maschinenpistole gestoßen hatte, sah in das glatte, gelbe Gesicht, das undeutlich durch den Regen schimmerte.

»Du nicht sprechen, Englishman! Keiner von euch sprechen. Sonst ich schießen!«

Miß Plenderleith schien sich nicht darum zu kümmern, was der Japaner sagte.

»Sehen Sie nicht zu mir her, Nicolson. Beachten Sie mich nicht. Aber hören Sie mir zu!« sagte sie leise.

Doch schon schwenkte der japanische Matrose seine Waffe, bis der Lauf auf den Kopf von Miß Plenderleith gerichtet war. Der Knöchel seines Zeigefingers wurde weiß und krümmte sich am Abzug. Doch Miß Plenderleith sah den Japaner an, scheinbar mit ausdruckslosem Gesicht — und er senkte die Waffe wieder.

Der heftige Regen hatte den Rand ihres Strohhuts durchnäßt, ihr ganzes Gesicht war jetzt naß. Doch die Augen waren klar, und sie waren auf Nicolson gerichtet. Der Erste Offizier der untergegangenen ›Viroma‹ folgte ihrem Blick. Er sah, wie sie ihn auf den Karabiner richtete, der neben ihr lag, dort, wo Farnholme ihn hatte liegen lassen.

»Können Sie das Gewehr sehen?« flüsterte sie. »Hinter meinem Koffer?«

Nicolson starrte mit bleichem Gesicht zu dem japanischen Posten. Dann schaute er wie beiläufig dorthin, wo Miß Plenderleith saß. Hinter dem Lederkoffer, in dem sich — wie er vermutete — die Habseligkeiten der alten Dame befanden, konnte er das Ende des Kolbens des Karabiners sehen.

Für den Bruchteil einer Sekunde erinnerte sich Nicolson: das war der Karabiner, mit dem Farnholme die schwere Kanone des U-Bootes erledigt hatte. Mit ihm hatte er das Jagdflugzeug getroffen — und mit ihm hatte der Brigadier ihm auf der Insel am Strand das Leben gerettet.

Fast schämte sich Nicolson, daß er ihn Verräter genannt hatte. Und schlagartig wurde ihm in diesem Augenblick klar, daß ein Mann wie Farnholme kein Verräter sein konnte. Irgend etwas konnte nicht stimmen — und wenn Farnholme auf das Torpedoboot umgestiegen war — scheinbar ein hochwillkommener Gast der Japaner —, so mußte es andere Gründe haben.

»Können Sie die Waffe sehen?« fragte Miß Plenderleith zum zweitenmal und noch dringlicher. Nicolson nickte. Der Kolben des Karabiners war keine dreißig Zentimeter von seiner Hand entfernt.

»Sie ist geladen und entsichert«, sagte Miß Plenderleith ruhig. »Foster Farnholme bat mich, Ihnen zu sagen, sie sei schußbereit.«

Jetzt sah Nicolson die alte Dame an, obwohl sie es ihm verboten hatte. Doch im nächsten Augenblick fuhr er von seinem Sitz hoch, während seine Hand automatisch nach dem Karabiner griff.

Eine ohrenbetäubende Explosion erfüllte die Luft. Von einer Sekunde zur andern stiegen Rauch und Flammen aus einem großen Loch an der Steuerbordseite des Torpedobootes. Im gleichen Augenblick brannte es mittschiffs lichterloh.

Die drei Japaner im Rettungsboot starrten zur Feuersäule. Der eine von ihnen verlor durch den Luftdruck der Explosion die Balance und stürzte rücklings über das Heck ins Meer.

Der andere taumelte, als ein Feuerstoß aus dem Karabiner in Nicolsons Hand ihn zu Boden streckte und vornüber mit dem Gesicht auf die Bodenplanken fallen ließ.

Und noch während er fiel, stürzte McKinnon nach vorn zum Bug, in der Hand eine Axt, und kappte die Schleppleine, die sich straff über den Dollbord spannte.

Nicolson stieß die Pinne sofort hart nach Steuerbord, schwerfällig drehte das Rettungsboot ab nach West. Das Torpedoboot brummte weiter mit unverändertem Kurs, eine einzige Fackel. Innerhalb einer Minute war es verschwunden, als sei es nie aufgetaucht.

Doch niemand im Rettungsboot konnte mit Gewißheit beschwören, ob es versunken war. Bei einem so großen Fahrzeug schien es nicht sehr wahrscheinlich zu sein. Aber wenn es nicht versunken war — das überlegte Nicolson —, dann würden die Japaner das Rettungsboot in südwestlicher Richtung suchen. Denn dorthin blies der Wind. Und in dieser Richtung lag die Sunda-Straße und die Hoffnung auf Freiheit.

Und sie würden furchtbare Rache nehmen ...

Nicolson steuerte Kurs Nordnordwest. An Bord des Rettungsboots herrschte Schweigen. Keiner ahnte, wie es zur Explosion an Bord des Torpedobootes gekommen war. Alle aber sahen auf eine alte Frau, die auf der Bank des Boots im Regen saß — mit diesem lächerlichen Strohhut über dem festen Knoten ihres grauen Haares.

Diese kleine Gestalt mit ihrer starren Haltung, mit ihrer Gleichgültigkeit gegen Regen und Kälte, mit ihrer Selbstbeherrschung und Hilflosigkeit strahlte etwas Unnahbares aus, so daß jede Frage verstummen mußte.

Gudrun Drachmann war es, die den Mut hatte, den Bann zu brechen. Sie stand vorsichtig auf, den in eine Decke gewickelten kleinen Jungen auf dem Arm, und ging über die schrägen Bodenbretter hinüber zu dem leeren Platz neben Miß Plenderleith — dem Platz, auf dem sonst immer der Brigadier Farnholme gesessen hatte.

Eine oder zwei Minuten saßen sie nebeneinander, die Junge und die Alte, ohne sich zu bewegen, ohne etwas zu sagen.

Dann fragte die alte Dame: »Warum sind Sie hergekommen, und warum haben Sie sich neben mich gesetzt — mit dem kleinen Jungen?« Ihre Stimme klang sehr schwach und sehr leise.

»Ich weiß nicht.« Gudrun schüttelte den Kopf. »Es tut mir leid, aber ich weiß es wirklich nicht — ich wollte Sie auf keinen Fall stören.«

»Schon gut — aber ich weiß es.«

Miß Plenderleith nahm Gudruns Hand und sah sie lächelnd an. »Es ist merkwürdig, es ist wirklich sehr merkwürdig. Ich meine, daß Sie hergekommen sind. Denn er tat es in erster Linie für Sie — für Sie und den Kleinen.«

»Ich verstehe...«

Die alte Dame lächelte, lächelte unter Tränen, und versuchte es zu erklären:

»Ich nannte ihn immer Foster Ohnefurcht, nicht Foster Farnholme — schon damals, als wir noch miteinander zur Schule gingen. Es gab für ihn nichts auf der Welt, wovor er sich fürchtete.«

»So lange kennen Sie ihn schon, Miß Plenderleith?« fragte Gudrun Drachmann.

Miß Plenderleith schien die Frage nicht gehört zu haben. Sie schüttelte nachdenklich den Kopf, ihr Blick schien in eine weite Ferne zurückzuwandern.

»Miß Drachmann, er sagte immer: Sie seien besser als wir alle zusammen. Heute nachmittag noch meinte er, wenn er dreißig Jahre jünger wäre, dann hätte er Sie schon längst zum Standesamt geschleift. So sagte er.«

»Er war sehr liebenswürdig«, sagte Gudrun lächelnd. »Ich fürchte nur — er kannte mich zu wenig.«

Miß Plenderleith nahm dem kleinen Jungen sanft den Daumen aus dem Mund. In ihren Augen schienen wieder Tränen zu stehen — aber es konnte auch der Regen sein, der herniederprasselte, als sie zu Gudrun sagte:

»Foster sagte immer, das einzige, worauf es ankäme, sei das gute Herz.« Sie lächelte wehmütig und fuhr fort: »Und er sagte auch immer, es sei schade, daß es auf der Welt nur noch wenige Menschen gäbe, die ein ebenso gutes Herz hätten wie er.«

»Sie müssen ihn sehr gut gekannt haben«, sagte Gudrun leise. »Und er muß ein sehr liebenswürdiger Mensch gewesen sein...«

Miß Plenderleith sah Gudrun lächelnd an. Im Boot wurde es wieder still. Es war Kapitän Findhorn, der schließlich das Schweigen brach und die Frage stellte, auf deren Antwort alle begierig waren.

»Sollten wir je die Heimat wiedersehen«, sagte er, »so werden wir es Brigadier Farnholme zu verdanken haben. Sie scheinen ihn viel besser gekannt zu haben als irgendeiner von uns, Miß Plenderleith. Könnten Sie mir auch sagen, wie er es gemacht hat?«

Miß Plenderleith nickte. »Das will ich Ihnen sagen. Die Sache war sehr einfach, weil auch Foster ein einfacher und gradliniger Mensch war. Sie erinnern sich an seinen großen Koffer?«

»Gewiß«, sagte Findhorn lächelnd. »Der Koffer, der ... seine — hm — seine ... Vorräte enthielt.«

»Stimmt. Sie meinen — den Whisky. Nebenbei, das Zeug war ihm zuwider, er benutzte es nur zur Tarnung. Jedenfalls ließ er alles, sämtliche Flaschen und alles, was er sonst noch in seinem Koffer hatte, auf der kleinen Insel zurück — ich glaube, unter einem großen Felsblock. Und dann ...«

»Was? Was haben Sie da eben gesagt?« Die Frage kam von van Effen. Er war noch benommen vom Schlag mit der Whiskyflasche. »Er hat den gesamten Inhalt seines Koffers auf — auf der Insel gelassen?«

»Ja, das sagte ich soeben. Und aus welchem Grund überrascht Sie das so sehr, Mister van Effen?«

»Ach — nur so.« Van Effen lehnte sich wieder zurück und sah lächelnd zu ihr hin. »Bitte, erzählen Sie doch weiter!«

»Das ist eigentlich schon alles. Damals, in der Nacht auf der Insel, hatte er am Strand haufenweise japanische Handgranaten gefunden — und vierzehn oder fünfzehn Stück hatte er in seinen Koffer gepackt.«

»In seinen Koffer?« Nicolson klopfte auf den Platz neben ihm. »Aber die Handgranaten sind doch hier unten, Miß Plenderleith!«

»Er hatte mehr gefunden, als er Ihnen sagte.« Miß Plenderleith sprach jetzt mit sehr leiser Stimme. »Er nahm sie alle mit, als er an Bord ging. Er sprach fließend japanisch, und es gelang ihm, dem japanischen Offizier weiszumachen, daß er die Agentenliste von Jan Bekker bei sich habe. Wenn er mit ihm unter Deck verschwunden war, um ihm die Liste zu zeigen, wollte er mit der Hand in den Koffer greifen, auf die Zündung seiner Handgranate drücken und die Hand dort liegen lassen. Er meinte, als er sich von mir verabschiedete, das Ganze würde nicht länger dauern als vier Sekunden ...«

8

Es schien kein Mond in dieser Nacht, in der sie dem japanischen Torpedoboot entkommen waren. Stunde um Stunde steuerte Nicolson das Rettungsboot durch die Dunkelheit, peilte die Richtung über den Daumen und vertraute auf Gott. Durch die Leckstellen in den Planken drang achtern mehr und mehr Wasser ein. Das Boot lag mit dem Heck schon ziemlich tief.

»Ich schätze, wir haben noch zehn bis zwölf Meilen bis zur Sunda-Straße!« sagte kurz nach Mitternacht Kapitän Findhorn.

»Genau müßte man es wissen, Sir«, antwortete mit bedenklichem Gesicht Nicolson. »In keinem Meer der Welt gibt es so viele Klippen und Untiefen wie vor der Südostküste von Sumatra.«

Kurz nach zwei Uhr bemerkte Nicolson, daß die Dünung aus Nordwest von Minute zu Minute kürzer und steiler wurde. »McKinnon!« schrie er mit rauher Stimme, »wir laufen auf eine Untiefe zu!«

Der Bootsmann stand aufrecht auf der Mastducht an Backbord, hielt sich mit der einen Hand am Mast fest und hatte die andere über die Augen gelegt, während er voraus in die Nacht starrte.

»Können Sie irgend etwas sehen?«

»Nicht das geringste, Sir!« rief McKinnon zurück. »Verdammt dunkel heute nacht, Sir.«

Und schon wandte sich Nicolson zu Vannier, der vorn am Bug stand: »Holen Sie das Luggersegel herunter! So schnell Sie können. Nicht zusammenlegen – dazu ist jetzt keine Zeit. Van Effen – wenn Sie können, helfen Sie ihm dabei!«

Das Rettungsboot fing in der immer kürzer werdenden See heftig zu stampfen an.

»Schneiden Sie Siran los, McKinnon! Und seine Leute! Sagen Sie ihnen, sie sollen nach achtern kommen!«

Eine halbe Minute später kamen die drei Männer, deren Glieder noch steif von den Fesseln waren, mit unsicheren Schritten angestampft.

»Siran – Sie und Ihre beiden Leute nehmen sich jeder ein Ruder. Sobald ich es sage, legen Sie die Ruder aus und fangen an zu pullen!«

»Nicht heute nacht, Mister Nicolson!« sagte Siran, der ehemalige Kapitän der ›Kerry Dancer‹.

»Was?«

»Sie haben gehört, was ich sagte. Ich sagte: nicht heute nacht.«

Sein Ton war nicht nur kühl, sondern unverschämt. »Ich habe kein Gefühl in den Händen. Außerdem bin ich ein ausgezeichneter Schwimmer...«

»Sie haben auf der ›Kerry Dancer‹ rund vierzig Menschen zurückgelassen und dem sicheren Tod preisgegeben, nicht wahr, Siran?« fragte Nicolson beiläufig. Er entsicherte seinen Colt. Es vergingen kaum drei Sekunden, dann griff Siran nach einem Ruder und brummte seinen Leuten einen Befehl zu.

»Besten Dank!« sagte Nicolson leise und ziemlich ironisch. Lauter fuhr er fort: »Ich nehme an, der Wind treibt uns zur Küste. Es wäre möglich, daß das Boot aufläuft oder kentert — es ist nicht wahrscheinlich, aber immerhin möglich.«

Im stillen aber dachte er, daß es ein reines Wunder wäre, wenn es nicht geschähe.

»Sollte das Boot aber auflaufen oder kentern, dann halten Sie sich fest, an irgend etwas: am Boot, an den Rudern, den Rettungsgürteln, an irgend etwas, das schwimmt! Und was auch geschieht — versuchen wir, beieinander zu bleiben!«

Er schaltete die Taschenlampe ein. Sie gab nur noch mattes gelbliches Licht. Im Boot schienen alle ihn anzustarren. Das Licht erlosch.

In die Dunkelheit hinein schrie McKinnon: »Brecher! Brecher oder Brandung! Ich kann es hören!«

»Wo?«

»Ich kann es noch nicht sehen. Steuerbord, scheint mir.«

»Klüversegel kappen!« befahl Nicolson. »Mast herunter, Vannier!«

Er drückte die Pinne weit zur Seite und ließ das Boot die Nase in den Wind und die See nehmen. Das Boot reagierte nur langsam und schwerfällig auf das Ruder, da inzwischen mindestens zweihundert Liter Seewasser im Heck herumschwabberten.

»Jetzt kann ich es sehen«, rief McKinnon vom Bug. »Achtern — an Steuerbord, Sir.«

Nicolson drehte sich auf seinem Sitz herum. Dann hörte er es nicht nur, sondern sah es auch: einen schmalen, weißen

Strich in der Dunkelheit, eine langgestreckte, ununterbrochene Linie, die verschwand und dann von neuem erschien. Brandung, dachte er, das muß die Brandung vor der Küste sein. Nie und nimmer sehen Brecher in der Dunkelheit so aus. Gott sei Dank, dache er weiter, wenigstens kein Riff!

»Raus mit dem Treibanker!« schrie Nicolson.

McKinnon hatte nur auf das Kommando gewartet. Er warf den Treibanker so weit ins Meer, wie er konnte.

»Riemen ausbringen!«

Fluchend versuchten Siran und seine beiden Männer die Riemen freizubekommen.

»Jetzt – zugleich ... sachte ... langsam die Riemen durchziehen!«

Nicolson hatte die Vorbereitung für das Landemanöver keinen Augenblick zu früh getroffen. Das Boot raste durch ein phosphoreszierendes Gestrudel von Schaum und Gicht auf den schräg ansteigenden Strand zu. Doch im gleichen Augenblick, da das schlimmste überstanden zu sein schien, schrie Nicolson – doch schon war es zu spät.

Ein zerklüfteter Unterwasserfelsen – vielleicht war es auch ein Korallenriff – schlitzte den Boden des Bootes vom Heck bis zum Bug auf. Der knirschende Aufprall warf die Menschen im Boot durcheinander, wirbelte sie über Bord. Eine Sekunde später neigte sich das schwerbeschädigte Boot zur Seite, schlug um und schleuderte alle miteinander in die strudelnden Brecher der Brandung.

An die Sekunden, die darauf folgten, konnte sich später keiner mehr genau erinnern. Sie wußten nur noch, daß sie herumgewirbelt worden waren vom Sog der zurückströmenden Brandung, daß sie Wasser geschluckt und sich verzweifelt bemüht hatten, auf dem Kies des ansteigenden Strandes festen Halt zu finden.

Immer wieder wurden sie zurückgerissen. Immer wieder kämpften sie sich hoch, bis sie schließlich keuchend und halb ohnmächtig am Strand zusammenbrachen ...

Nicolson machte den Weg zum Strand alles in allem dreimal. Das erstemal mit Miß Plenderleith. Der Anprall hatte sie gegen ihn geschleudert. Instinktiv hatte er den Arm um sie gelegt und sie festgehalten, während sie gemeinsam im Wasser versanken. Sie war fast doppelt so schwer, wie er erwartet hatte;

denn sie hatte beide Arme durch die Griffe ihrer schweren Reisetasche gesteckt.

Er versuchte ihr die verdammte Tasche, die sie beide in die Tief zu reißen drohte, zu entreißen. Es gelang ihm nicht. Miß Plenderleith hielt sie mit der sinnlosen, selbstmörderischen Kraft einer halb Wahnsinnigen fest. Mit letzter Kraft brachte er Miß Plenderleith doch noch zum Strand.

Als die Brandung ins Meer zurückströmte, warf er sich wieder ins Wasser, um Vannier zu helfen, den Kapitän an Land zu tragen. Findhorn hatte jede Hilfe abgelehnt, doch er war so schwach, daß er dort, wo er lag, ertrunken wäre — im knapp nur einem Meter tiefen Wasser. An Armen und Beinen packten Nicolson und Vannier den Kapitän und legten ihn an einer Stelle nieder, wo die Wogen ihn nicht mehr erreichen konnten.

Etwa zwölf schattenhafte Gestalten standen oder saßen am Strand. Sie schnappten nach Luft, sie stöhnten, sie erbrachen würgend das Seewasser.

»Gudrun — Miß Drachmann?« rief Nicolson.

Keine Antwort, nur das Keuchen und das Stöhnen.

»Der Kleine — der Junge?«

Doch es war nichts zu hören als das Brausen der Brandung und das Rasseln des Kieses, den das zurückströmende Wasser den Strand hinunterspülte.

Keine Gudrun Drachmann ... und kein kleiner Junge, den sie Peter nannten, seitdem er in Singapur aufgetaucht war.

Wie ein Rasender stürzte sich Nicolson zum drittenmal ins Meer. Er watete nach draußen und wurde von der nächsten heranziehenden Brandung umgeworfen. Wie eine Katze kam er wieder auf die Füße. Undeutlich nahm er wahr, daß hinter ihm jemand ins Wasser planschte. Aber er wußte nicht wer.

Zwei, drei weitere Schritte, dann schlug das Boot, das kieloben im Wasser trieb, mit grausamer, fast betäubender Gewalt gegen seine Kniekehlen. Er machte einen Salto und schlug flach auf den Rücken ins Wasser mit einem Knall, daß ihm beinahe die Luft wegblieb.

Aber schon kämpfte er sich weiter, obwohl die Brust so schmerzte, daß er kaum Atem holen konnte. Noch zwei Schritte — und er stieß gegen etwas Weiches, das nachgab. Er bückte sich und bekam eine Hemdbluse zu fassen, richtete sich wieder auf und stemmte sich mit dem anderen, der hinter ihm ins Meer gewartet war, gegen den gurgelnden Sog der See.

»Gudrun!« schrie er.

»Johnny!« kam leise die Antwort. Sie klammerte sich an ihn, und er spürte, wie sie zitterte.

»Und der Kleine? Peter... wo?« Die Wellen erstickten seine Frage.

Er krallte die Finger in ihre Schultern und schüttelte sie. Seine Frage war wie ein furchtbarer Schrei.

»Ich weiß nicht — ich kann ihn... ihn nicht finden!« Sie löste sich von ihm und tauchte seitlich ins Wasser, das hüfthoch an ihnen vorüberstrudelte. Er ergriff sie und riß sie heraus.

Der Mann, der nach ihm in die Brandung gestürzt war, war Vannier. Er stand jetzt unmittelbar hinter ihm. Nicolson schob das Mädchen mit einem Stoß zu ihm hin.

»Bringen Sie sie an Land, Vannier!«

»Nein, nein — ich gehe nicht!«

Sie wehrte sich verzweifelt in Vanniers Armen, aber sie hatte nicht mehr viel Kraft.

»Haben Sie mich verstanden, Vannier?« sagte Nicolson mit schneidender Schärfe.

»Jawohl, Sir«, murmelte Vannier und schleppte das Mädchen, das halb von Sinnen war, durch die Brandung zum Strand.

Wieder und wieder sprang Nicolson in die Brandung und tastete verzweifelt den kiesbedeckten Meeresgrund ab. Jedesmal kam er mit leeren Händen wieder hoch. Er tauchte noch weiter hinaus, bis in die Nähe des Korallenriffs, das das Boot zum Kentern gebracht hatte. Er schluckte eine Menge Wasser, hörte aber nicht auf, immer wieder den Namen des Jungen zu rufen.

Seit das Boot umgeschlagen war, waren zwei Minuten vergangen, vielleicht auch drei, und allmählich wurde Nicolson klar, daß der Kleine in diesem Wasser unmöglich mehr am Leben sein konnte. Mit dem letzten Rest seines Verstandes redete er es sich ein, obwohl er immer wieder tauchte. Aber nichts — weder unter dem Wasser noch auf dem Wasser. Nur der Wind, der Regen, die Dunkelheit und das dumpfe Brausen der Brandung.

Doch dann hörte er es plötzlich hell und klar durch den Wind und durch das Brausen des Meeres hindurch:

Der kleine, ängstliche Schrei des Kindes kam von rechts, vom Strand her, rund dreißig Meter von ihm entfernt. Nicolson warf sich herum und stürzte in diese Richtung.

Wieder hörte er den Schrei des Kindes, diesmal kaum mehr als zehn Meter entfernt. Nicolson brüllte, hörte den antwortenden Ruf eines Mannes, und im nächsten Augenblick tauchte aus der Dunkelheit eine breite Gestalt auf, die das Kind in ihren Armen hoch über Wasser hielt.

»Sehr erfreut, Sie zu sehen, Mister Nicolson!«

Es war van Effens Stimme, aber sie klang merkwürdig schwach, als käme sie aus weiter Ferne.

»Dem Kleinen ist nichts geschehen. Nehmen Sie ihn mir doch bitte ab!«

Nicolson hatte gerade noch Zeit, schnell nach Peter zu fassen, als van Effen auch schon schwankte. Im nächsten Augenblick kippte er um und schlug der Länge nach — mit dem Gesicht nach unten — in das gischtende schäumende Wasser der Brandung...

Als die Sonne aufging, sahen die Schiffbrüchigen, wohin es sie verschlagen hatte. Sie waren irgendwo am Rand der Sunda-Straße, an der javanischen Küste, in einer tief eingeschnittenen Bucht. Hinter dem schmalen Strand begann ein dichter, undurchdringlich scheinender Dschungel, der sich weit ins Innere erstreckte und in hohen Urwald überging. Nirgendwo eine Spur menschlichen oder tierischen Lebens. Und doch blieb allen, wenn sie am Leben bleiben wollten, nur der Weg durch Dschungel und Urwald — zu irgendeiner Siedlung. Aber wo mochte sie liegen? Zehn Meilen oder fünfzig Meilen weit vom Strand entfernt?

Kapitän Findhorn war bei all seinem Mut ein schwerkranker Mann und nicht in der Lage, auch nur zehn Schritte weit zu gehen. Auch van Effen konnte sich kaum mehr auf den Beinen halten. Während er den Jungen an Land tragen wollte, hatte eine Muschel mit ihren scharfen Schalen sein Bein übel zugerichtet. Er wäre im flachen Wasser ertrunken, wenn es Nicolson und McKinnon nicht im letzten Augenblick gelungen wäre, die Muschel von van Effens Bein zu lösen.

Miß Plenderleith — am Ende ihrer Kräfte. Gudrun Drachmann — nur noch ein Skelett. Wohin Nicolson auch sah: Verwundete, Kranke, zu Tode Erschöpfte.

Nahrungsmittel, ein Dach über dem Kopf, Verbandszeug und Medikamente — diese Dinge waren lebenswichtig, aber sie würden nicht von selbst zu ihnen kommen. So hatte Nicolson, kaum eine Stunde nach Hellwerden, seinen Colt genommen, um Hilfe zu suchen. In welcher Richtung er sie finden konnte, war reichlich unklar. Aber man mußte, auch wenn man damit rechnen konnte, daß die Japaner auch diese Insel schon besetzt hatten, auch wenn man nicht wußte, ob die Eingeborenen, falls er auf sie treffen sollte, ihnen freundlich oder feindlich gegenübertreten würden. Dicht gefolgt von Vannier tauchte Nicolson in den Dschungel. Er hielt die Pistole in der Hand. Die einzige andere gerettete Waffe — den Karabiner des Brigadiers Farnholme — ließ Nicolson für alle Fälle bei McKinnon zurück.

Sie brachen auf und sie kämpften sich durch den Schlamm des Dschungels. Neunzig Minuten später, nachdem sie vom Strand aufgebrochen waren — sie hatten kaum mehr als drei Meilen zurückgelegt — machte Nicolson Halt. Er lehnte mit dem Rücken gegen einen hohen Stamm, wischte sich mit der linken Hand den Schlamm und den Schweiß von der Stirn. Mit der Rechten hielt er noch immer den Griff der Pistole umklammert. Er richtete den Blick auf Vannier, der sich vor Erschöpfung der Länge nach auf den Boden hatte fallen lassen und keuchend dalag.

»Na — Vierter Offizier«, versuchte Nicolson zu scherzen, um nicht selber verrückt zu werden, »macht Ihnen unser kleiner Ausflug Spaß? Das hätten Sie sich bestimmt nicht träumen lassen, daß Ihr Seeoffizierspatent für Große Fahrt auch ein Freibillett für einen Spaziergang durch den indonesischen Dschungel umfaßte, was?«

Er sagte es unwillkürlich leise und gedämpft; denn im Dschungel atmete alles Feindseligkeit.

»Verdammt übel, Sir!« sagte Vannier und stöhnte, versuchte aber im nächsten Augenblick zu lächeln. »Diese Tarzans im Film, die sich von Baum zu Baum schwingen, geben einem genau die richtige Vorstellung davon, wie man sich im Dschungel richtig bewegen sollte. Ich habe den Eindruck, daß dieser verdammt schlammige Pfad wieder zum Strand führt. Was meinen Sie, Sir, sollten wir uns vielleicht im Kreis bewegen?«

»Habe zwar die Sonne und den Himmel noch nicht gesehen, Vannier, weil der Dschungel da oben so verdammt dicht ist«, antwortete Nicolson, »ich glaube es aber nicht. Ich vermute, daß dieser Pfad irgendwo aus dem Dschungel herauskommt.«

»Hoffentlich haben Sie recht, Sir.« Vanniers Stimme klang müde, aber nicht niedergeschlagen.

Zwei oder drei Minuten vergingen schweigend. In der Stille war nichts zu hören als ihr Atem, als die Tropfen, die von den feuchten Zweigen der Bäume fielen. Doch dann spannten sich plötzlich Nicolsons Nerven. Mit der rechten Hand griff er Vannier warnend an die Schulter. Die Warnung war überflüssig. Auch Vannier hatte es gehört. Im nächsten Augenblick standen beide geräuschlos auf — standen hinter dem Stamm eines dicken Baumes und warteten ...

Stimmen und leise Schritte kamen näher. Nicolson entsicherte seinen Colt. Dann bogen drei Männer um die Biegung des Pfads — bestimmt keine Japaner, wie Nicolson erleichtert feststellte. Erleichtert und überrascht zugleich war er; er hatte entweder Japaner erwartet oder Eingeborene — angetan mit einem Minimum von Kleidung und ausgerüstet mit Speeren oder Blasrohren.

Zwei der drei Männer aber trugen blaue Leinenhosen und verblichene blaue Hemden. Der älteste der drei hielt ein Gewehr im Anschlag. Als die Männer bis auf drei Schritte heran waren, trat Nicolson hinter dem Baum hervor, stand auf der Mitte des schmalen Pfads, hob die Pistole und richtete ihren Lauf auf die Brust des Mannes mit dem Gewehr.

Der ältere verhielt mitten im Schritt, die braunen Augen unter dem Strohhut richteten sich auf Nicolson. Er ließ das Gewehr sinken, bis die Mündung fast den Boden berührte. Dann brummte er dem jüngeren Mann etwas zu. Der nickte und richtete seine Augen, feindliche Augen in einem glatten, beherrschten **Gesicht**, auf **Nicolson**.

»Begrijp U Nederlands?«

»Holländisch? Nein, tut mir leid, verstehe ich nicht.« Nicolson zog die Schultern hoch und sah dann kurz zu Vannier hin.

»Nehmen Sie ihm das Gewehr ab — von der Seite!«

»Englisch? Sie sprechen englisch?« sagte der jüngste der drei Männer langsam und zögernd. Er musterte Nicolson mißtrauisch, doch nicht mehr feindselig, sah auf Nicolsons Mütze und lächelte.

»Sie sein Englisch. Ich kenne Mütze. Ich leben zwei Jahre in Singapur. Ich oft sehen englische Offiziere mit solchen Mützen auf Schiffen. Wieso kommen Sie hierher?«

»Wir brauchen Hilfe«, sagte Nicolson. »Unser Schiff ist

gesunken. Wir haben viele Kranke, viele Verwundete. Wir brauchen ein Dach über dem Kopf, etwas zu essen und Medikamente.«

»Geben Sie uns das Gewehr zurück«, sagte der junge Mann unvermittelt.

Nicolson sagte ohne Zögern: »Geben Sie das Gewehr zurück, Vannier!«

Irgend etwas im Ausdruck der ruhigen, dunklen Augen des jungen Mannes flößte Vertrauen ein. Er selber steckte den Colt in den Gürtel.

Der alte Mann nahm das Gewehr, verschränkte die Arme über der Waffe, drehte den Kopf zur Seite und starrte in den Dschungel. Der jüngere Mann beobachtete ihn mißbilligend und sah dann mit einem entschuldigenden Lächeln zu Nicolson.

»Sie müssen meinen Vater entschuldigen«, sagte er zögernd. »Sie haben ihn gekränkt. Niemand hat ihm jemals sein Gewehr abgenommen.«

»Wieso nicht?« fragte Nicolson.

»Mein Vater ist der Trikah — der Häuptling von unserem Dorf.«

»Trikah?« wiederholte Nicolson. Er wußte, von diesem Mann, von seinem guten oder bösen Willen, hing unter Umständen ihr Leben ab. Er sah auf die drei Männer. Allen drei waren die niedrige, breite Stirn, die intelligenten Augen, die wohlgeformten Lippen und die schmale Nase gemeinsam — fast eine Adlernase.

»Ja«, sagte der junge Mann, »er ist unser Häuptling. Und ich bin Telak, sein ältester Sohn.«

»Mein Name ist Nicolson. Sagen Sie Ihrem Vater, daß ich an der Küste kranke englische Männer und Frauen habe, drei Meilen nördlich von hier. Wir brauchen Hilfe. Fragen Sie ihn, ob er uns helfen will.«

Telak sprach etwa eine Minute rasch auf seinen Vater ein, in einer rauhen, abgehackten Sprache, hörte auf das, was sein Vater zu ihm sagte, und wandte sich dann wieder an Nicolson mit der Frage:

»Wie viele krank?«

»Fünf — von den Männern. Es sind auch zwei Frauen dabei.«

Telak sprach erneut auf seinen Vater ein, dann lächelte er Nicolson und Vannier mit seinen weißen Zähnen an und schon schoß der Jüngste, der bisher im Hintergrund gestanden hatte, in der Richtung davon, aus der sie gekommen waren.

»Wir werden Ihnen helfen«, sagte Telak. »Mein jüngerer Bruder wird mit starken Männern und Tragbahren für die Kranken kommen. Wir gehen jetzt zu Ihren Freunden.«

Er wandte sich um und ging voran, hinein in den Dschungel. Manchmal redete er mit seinem Vater. Ab und zu wandte er sich an Nicolson.

»Sind die Japaner schon auf der Insel?« fragte Nicolson mit plötzlichem Unbehagen.

»Ja«, sagte Telak ernst. »Sie sind schon da.« Er deutete nach Osten. »Die Engländer und Amerikaner kämpfen noch, aber sie werden nicht mehr lange kämpfen. Die Japaner haben schon eine — wie sagt man in Ihrer Sprache — eine Garnison in Bantuk. Eine große Garnison, mit einem Oberst an der Spitze, Oberst Kiseki.«

Telak schüttelte den Kopf wie jemand, der vor Kälte erschauert.

»Oberst Kiseki ist kein Mensch. Er ist ein Unmensch, er ist eine Dschungelbestie.«

»Wie weit ist die Stadt Bantuk von Ihrem Dorf entfernt?« fragte Nicolson langsam.

»Vier Meilen. Nicht mehr als vier Meilen.«

»Nur vier Meilen? Und Sie wollen uns Obdach geben — Engländer wollen Sie in Ihrem Dorf aufnehmen, obwohl die Japaner nur vier Meilen entfernt sind?«

»Nicht lange«, antwortete Telak ernst. »Es gibt Spione, auch unter unseren eigenen Leuten. Die Japaner würden es erfahren — und sie würden meinen Vater, meine Mutter, meine Brüder und mich mitnehmen nach Bantuk.«

»Wie lange werden wir bei Ihnen bleiben können?«

Telak besprach sich kurz mit seinem Vater, dann wandte er sich wieder an Nicolson:

»Solange es sicher ist. Vielleicht drei Tage, länger aber bestimmt nicht.«

»Und dann?«

Telak zog schweigend die Schultern hoch und ging stumm auf dem Weg durch den Dschungel voran.

Knapp hundert Meter von der Stelle entfernt, wo in der vergangenen Nacht das Boot gestrandet war, kam McKinnon ihnen entgegen. Er taumelte. Die Haut auf seiner Stirn war aufgeplatzt, das Blut lief über sein Gesicht und in seine Augen.

»Siran?« fragte Nicolson. Er war sicher, daß es nur Siran gewesen sein konnte.

Mc Kinnon fluchte vor sich hin, er war wütend auf sich selbst.

»Es war meine Schuld, Sir. Können mich bei nächster Gelegenheit entsprechend bestrafen — wegen Verletzung meiner Aufsichtspflicht . . .«

Nicolson verstand seinen Bootsmann nicht ganz, allmählich aber begriff er, was am Strand geschehen war. Es war nicht sehr angenehm, es konnte sogar mehr als unangenehm werden. Plötzlich hatte McKinnon ein schwerer Stein, von Siran gezielt, an der Stirn getroffen — und der Bootsmann war für Minuten bewußtlos geworden. Im gleichen Augenblick schnappte sich Siran den einzigen Karabiner, hielt mit dem Schnellfeuergewehr die anderen in sicherer Distanz und deckte so für sich und seine beiden anderen Kumpane den Rückzug hinein in den Dschungel.

»Sie sind in nordöstlicher Richtung abgehauen, Sir!« sagte McKinnon. Dann starrte er zu Boden, als schäme er sich.

»Kein Mensch kann ununterbrochen auf drei andere aufpassen«, sagte Nicolson.

»Sie können noch nicht weit vom Strand sein«, drängte McKinnon. »Wir müssen die Verfolgung aufnehmen, Sir, ehe es zu spät ist!«

Nicolson dachte daran, was er von Telak erfahren hatte: daß die Japaner kaum fünf Meilen von hier eine Garnison errichtet hatten. Siran und seine beiden Männer würden ohne jeden Zweifel versuchen, Verbindung mit den Japanern zu bekommen.

»Sie haben recht«, sagte Nicolson. Er wandte sich an den Sohn des Häuptlings, an Telak, der die ganze Zeit fast regungslos im Hintergrund gestanden hatte.

»Ich habe verstanden«, sagte Telak, noch ehe Nicolson ihm alles zu erklären versuchen wollte.

»Und?«

Telak schüttelte den Kopf. »Ich bin anderer Meinung als die beiden Weißen«, sagte er. »Im Dschungel drei Männer zu finden — ist sehr schwer. Wenn Telak sich im Dschungel verstecken müßte, nicht tausend Mann würden ihn finden.«

Er machte eine Pause und schien nachzudenken. »Außerdem — die drei Männer im Dschungel haben ein Gewehr, haben ein sehr gutes Gewehr. Wenn Weiße Selbstmord begehen wollen, ist der beste Weg, im Dschungel zu suchen...«

Nicolson und McKinnon sahen einander an. Sie sahen ein, daß Telak recht hatte.

»Gehen wir zum Strand«, sagte Nicolson. »Und hoffen wir, daß Siran und seine drei Männer in den Sümpfen des Dschungels jämmerlich ersticken.«

Es dauerte zwei Stunden, bis die Träger des Häuptlings aus dem Dschungel auftauchten, um die Kranken und Verwundeten auf behelfsmäßigen Tragbahren zum Dorf im Dschungel zurückzubringen. Am Strand sprach in diesen zwei Stunden kaum jemand ein Wort. Es war, als fühlten alle das Unheil, das mit dem Verschwinden Sirans früher oder später über sie hereinbrechen würde.

Aber sie waren schon für jede Stunde dankbar, die sie länger am Leben blieben. Und vielleicht kam für sie auch diesmal ein Wunder. Denn es war ein Wunder, daß sie noch nicht auf dem Grund des Meeres lagen oder sich in japanischer Gefangenschaft befanden. Und es war ein noch größeres Wunder, daß sie immer noch Hoffnung hatten...

Vier Stunden später kamen sie alle auf die Lichtung im Dschungel, auf der die Hütten des kleinen indonesischen Dorfs standen, dessen Häuptling Trikah war.

Trikah hielt alles, was er Nicolson versprochen hatte. Er hielt es, obwohl er die Japaner haßte — und obwohl die Japaner nur vier oder fünf Meilen von seinem Dorf in der Lichtung entfernt waren.

Alte indonesische Frauen wuschen und säuberten die eiternden Wunden der Kranken und Verletzten. Sie bestrichen sie mit kühlen, die Schmerzen lindernden Pasten. Sie bedeckten sie mit großen Blättern und banden um diese ›Verbände‹ Baumwollfäden.

Dann bekamen alle zu essen — und es war für die Ausgehungerten ein Festmahl, so daß sie im Schlaraffenland zu sein glaubten. Junge indonesische Mädchen setzten ihnen Hähnchen, Schildkröteneier, Reis, Garnelen, gekochte Süßwurzeln und getrockneten Fisch vor. Doch nun, als die Herrlichkeiten vor ihnen lagen, konnten sie nicht essen. Sie hatten zu lange gehungert.

Vielleicht könnten sie essen, wenn sie wieder einmal lange und ruhig und ohne jede Angst geschlafen hätten. Auf der ruhigen Erde, die nicht schaukelte wie das Rettungsboot, im Schutz Trikahs, des Häuptlings, der mit Telak und den anderen Männern und Frauen des Urwalddorfes über sie wachen würden, damit ihnen nichts Böses geschehe.

Es gab keine Betten, keine Hängematten, keine weichen Lager aus Zweigen oder Gras. Aber es gab Kokosmatten, die auf die sauber gefegte Erde am Boden einer Hütte ausgebreitet wurden. Das war genug, es war mehr als genug. Es war ein Paradies für die Überlebenden der ›Kerry Dancer‹ und der ›Viroma‹, die schon so lange ohne Schlaf gewesen waren. Ihre müden Gehirne konnten sich kaum mehr erinnern, wie lange schon nicht mehr.

Und fast von einer Sekunde zur anderen sanken sie alle in einen Schlaf bodenloser Erschöpfung. Sie schliefen wie Tote, weil sie wußten, daß andere für sie wachten.

Als Nicolson wach wurde, war die Sonne längst untergegangen. Die Nacht hatte sich über den Dschungel gesenkt. Kein Äffchen schnatterte, kein Nachtvogel rief. Alles war lautlos und still und dunkel.

Auch im Innern der Hütte war lautlose Stille. Doch durch die Dunkelheit schimmerte das Licht zweier Öllampen, die in der Nähe des Eingangs hingen.

Nicolson hatte — wie alle anderen — in tiefem, fast ohnmachtähnlichen Schlaf gelegen. Doch selbst durch diese Ohnmacht hindurch hatte er plötzlich etwas Kaltes, Scharfes an seiner Kehle gespürt.

Er wurde wach durch einen stechenden Schmerz, der ihn selbst in der traumlosen Tiefe seines Schlafes erreichte. Mühsam öffnete er die Augen. Und im Schimmer der Öllampen sah er ein japanisches Bajonett. Die Spitze des Bajonetts war genau gegen seine Kehle gerichtet ...

9

Langsam öffnete Nicolson, der einstige Erste Offizier der untergegangenen ›Viroma‹, die Augen. Er sah das lange und scharfe Bajonett, das ihm an der Kehle saß. Und er sah das

Gewehr, eine bronzebraune Hand, eine graugrüne Uniform und das lächelnde Gesicht eines Japaners, der vor ihm stand.

Die Spitze des Bajonetts berührte seine Haut unten am Halsansatz. Nicolson spürte, wie ihm übel wurde. So vergingen die Sekunden.

Der Mann, der über ihm stand, war ein japanischer Offizier mit einem Schwert an der Seite. Aber er war nicht der einzige Japaner in der Hütte des indonesischen Dorfs im Dschungel, in dem sie alle Zuflucht zu finden gehofft hatten.

Überall sah Nicolson im Schein der Öllampen Japaner mit aufgepflanzten Bajonetten. Alle hielten die gefährlichen, blinkenden Spitzen nach unten auf die Männer und auf die zwei Frauen gerichtet, die noch schlafend am Boden der Hütte lagen.

»Ist das hier das Schwein, von dem du gesprochen hast?« hörte Nicolson den japanischen Offizier in fließendem Englisch fragen. Die Frage war an Telak gerichtet, den Sohn des Häuptlings. Er stand im Schatten des Eingangs draußen vor der Hütte.

Verdammter Verräter! dachte Nicolson. Und er hörte zum zweiten Male die Frage des japanischen Offiziers:

»Ist das der Anführer dieser Leute?«

»Das ist der Mann, der Nicolson heißt.« Die Antwort Telaks klang sonderbar fern und gleichgültig. »Und er ist der Anführer dieser Leute.«

»Stimmt das? Mach's Maul auf, du englisches Schwein!«

Der Japaner drückte die Spitze des Bajonetts langsam gegen Nicolsons Kehle. Nicolson fühlte, wie das Blut langsam und warm auf den Kragen seines Hemds tropfte.

Er warf einen kurzen Blick auf Kapitän Findhorn, überlegte dann aber nicht länger und sagte: »Ja, ich habe das Kommando.« Und nach einer Weile fügte er hinzu: »Nehmen Sie das verdammte Ding da von meinem Hals weg!«

Der Offizier senkte das Bajonett, trat einen Schritt zurück und stieß Nicolson den Kolben des Gewehrs heftig in die Seite, kurz oberhalb der Nieren.

»Sie gestatten: Hauptann Yamata, Offizier der kaiserlichjapanischen Armee«, sagte er leise und mit höhnischer Höflichkeit. Dann rief er laut durch den Raum:

»Aufstehen, alles aufstehen!«

Draußen war es fast völlig dunkel, doch hell genug, um zu erkennen, wohin die Japaner sie brachten; zu dem erleuchteten

Versammlungsplatz der Dorfältesten, einer großen Hütte, in der man sie am Abend vorher bewirtet hatte.

Nicolson sah auch die undeutlichen Umrisse von Telak, der unbeweglich in der Dunkelheit stand. Ohne an den Offizier zu denken, der hinter ihm herging, und ohne sich um den nächsten Stoß mit dem Gewehrkolben zu kümmern, blieb Nicolson einen knappen halben Meter von Telak entfernt stehen.

»Wieviel hat man Ihnen denn dafür bezahlt, Telak?« flüsterte Nicolson.

Telak antwortete sekundenlang nicht. Dann begann er zu sprechen, so leise und wie aus großer Ferne, daß Nicolson sich unwillkürlich vorbeugte, um ihn zu verstehen.

»Man hat mich gut bezahlt, Mister Nicolson.«

Telak kam einen Schritt nach vorn und wandte sich halb herum, so daß das Licht, das aus der Hütte fiel, plötzlich die eine Seite des Gesichts und seiner Gestalt beleuchtete.

Die linke Hälfte seines Gesichts, Hals, Arm und Oberkörper waren übel zugerichtet von Schwerthieben oder Bajonettstichen. Die ganze Seite schien blutüberströmt.

»Man hat mich gut bezahlt«, wiederholte Telak tonlos. »Mein Vater, der Trikah, ist tot. Viele von unseren Leuten sind tot. Wir wurden verraten und überfallen.«

Nicolson starrte ihn sprachlos an. Sein Denken setzte für einen Augenblick aus, als er Telak so vor sich sah. Und nun entdeckte er auch ein japanisches Bajonett, das nur wenige Zentimeter von Telaks Rücken entfernt war — nein, nicht nur eins, sondern zwei —

Nicolson wollte etwas sagen, sich entschuldigen für seinen Verdacht, doch seinem Mund entfuhr nur ein Ächzen, da er im gleichen Augenblick von neuem den Gewehrkolben in seinem Rücken spürte. So trieb der japanische Offizier Nicolson quer über das Kampong im Dschungel.

Das Versammlungshaus, jetzt hell erleuchtet von einem halben Dutzend Öllampen, war ein großer, hoher Raum, neun Meter breit und sechs Meter tief. Der Eingang wir in der Mitte einer Längswand, rechts davon war die erhöhte Tribüne für die Versammlung der Ältesten. Hinter dieser Tribüne führte eine zweite Tür hinaus auf das Kampong. Der Fußboden bestand aus gestampfter Erde, auf der die Gefangenen in einem kleinen, engen Halbkreis saßen.

Auf der erhöhten Tribüne stand eine niedrige Bank. Auf dieser Bank saß Hauptmann Yamata und neben ihm — Siran! Ein triumphierend grinsender Siran, der es nicht mehr für nötig hielt, seine Gefühle hinter der Maske der Gleichgültigkeit zu verbergen.

Er schien mit dem lächelnden Yamata auf bestem Fuß zu stehen. Von Zeit zu Zeit zog er an seinem langen, schwarzen Stumpen und blies den Rauch verächtlich in Nicolsons Richtung. Nicolson aber starrte Siran mit düsterem Blick an.

Nun war klar, wie alles geschehen war. Siran hatte, nachdem er geflüchtet war, sich zunächst im Dschungel versteckt und gewartet, bis sich die Männer des Dorfes mit den Tragbahren in Bewegung gesetzt hatten. Er war ihnen heimlich gefolgt — und vom Dorf im Dschungel weitergegangen nach Bantuk, um dort alles der japanischen Kommandantur zu melden.

Selbst ein Idiot hätte es voraussehen können, dachte Nicolson, und entsprechende Vorsichtsmaßnahmen treffen müssen. Und die beste Vorsichtsmaßnahme wäre gewesen, Siran zu erschießen. Doch er, Nicolson, hatte es unterlassen. Und er wußte, daß es nun zu spät war. Zu spät — durch seine Schuld.

Nicolson sah auf die Gesichter der Männer und der zwei Frauen, die gleich ihm im Halbkreis auf der nackten Erde saßen: Gudrun Drachmann, der kleine Junge Peter, Miß Plenderleith, Kapitän Findhorn, Vannier — sie alle hatten ihm vertraut. Sie hatten sich blind darauf verlassen, daß er alles tun würde, um sie wohlbehalten nach Hause zu bringen. Sie hatten ihm vertraut — doch nun würde keiner von ihnen die Heimat jemals wiedersehen.

Auf der erhöhten Tribüne hatte sich Hauptmann Yamata erhoben. Er stand breitbeinig da, die eine Hand am Koppel, die andere am Griff seines Schwertes.

»Es wird nicht lange dauern«, sagte er ruhig, in klarem Englisch. »In zehn Minuten fahren wir von hier ab nach Bantuk. Kommandeur der Garnison Bantuk ist Oberst Kiseki, der Sie alle schon mit großer Ungeduld erwartet. Ich will es Ihnen erklären, warum — und Sie werden seine Ungeduld verstehen. Oberst Kiseki hatte einen Sohn — und dieser sein Sohn war Kommandant des erbeuteten amerikanischen Torpedobootes, das man Ihnen entgegengeschickt hatte.«

Er machte eine kleine Pause, auf seinem Gesicht erschien ein breites Lächeln.

»Es wäre ein vergeblicher Versuch, wenn Sie abstreiten wollten, daß der Sohn des Oberst Kiseki durch Ihre Schuld sein Leben verlor. Wir haben außerdem einen zuverlässigen Zeugen: Kapitän Siran. Oberst Kiseki ist rasend — so sehr schmerzt ihn der Tod seines Sohnes. Es wäre besser für Sie — für Sie alle, für jeden einzelnen von Ihnen —, niemals das Licht der Welt erblickt zu haben.«

Hauptmann Yamata lächelte, sein Blick ging scheinbar suchend an der Reihe der Gefangenen entlang, die vor ihm auf der Erde hockten. Mit höhnischer Glätte fuhr er fort:

»Ehe wir aufbrechen, möchte ich Ihnen die Bekanntschaft eines Mannes vermitteln, von dem Sie annehmen, daß Sie ihn sehr genau kennen, obwohl Sie keine Ahnung haben, wer er wirklich ist. Es handelt sich um einen Mann aus ihren Reihen, dem unser glorreicher Kaiser, davon bin ich überzeugt, persönlich seinen Dank aussprechen wird. Darf ich Sie bitten, mein Herr...?«

Durch die Reihen der Gefangenen lief eine plötzliche Bewegung. Dann stand einer von ihnen auf und ging zur Tribüne. Hauptmann Yamata verbeugte sich vor ihm.

Nicolson richtete sich auf, beugte sich vor, konsterniert und völlig fassungslos.

»Van Effen... was, zum Teufel...«

Van Effen sah von der Tribüne auf Nicolson herab.

»Von jetzt an nicht mehr van Effen, mein lieber Nicolson«, sagte er lächelnd. »Nicht ›van‹, sondern ›von‹. Ich bin kein Holländer.« Er verbeugte sich vor Nicolson und fuhr fort: »Es wird Zeit, daß ich mich Ihnen vorstelle: Alexis von Effen, Oberstleutnant der deutschen Abwehr.«

Nicolson starrte ihn an, starrte ihn sprachlos, fassungslos an. Er war nicht der einzige, dem es den Atem und die Stimme verschlug. Alle, die da am Boden hockten, sahen mit weit aufgerissenen Augen zu van Effen hin. Und allmählich fielen ihnen einzelne Vorfälle aus den hinter ihnen liegenden zehn Tagen ein. Die Erinnerung wurde langsam zum Begreifen, verdichtete sich zu einem zögernden Verstehen des Zusammenhangs. Nein — dieser van Effen war kein Wahnsinniger. Keiner zweifelte, daß er wirklich der war, der zu sein er behauptete: ein Oberstleutnant der deutschen Abwehr.

Van Effen brach das Schweigen. Sein Blick war auf die gerichtet, die bis zu diesem Augenblick seine Gefährten im Unglück gewesen waren. Sein Gesicht schien von Trauer überschattet.

»Viele von Ihnen werden sich in den vergangenen zehn Tagen und Nächten oft verzweifelt gefragt haben, aus welchem Grunde wir, eine kleine Gruppe Überlebender der ›Kerry Dancer‹ und der ›Viroma‹, für die Japaner von solcher Bedeutung gewesen sein sollten, daß sie ihre Bomber, ihre U-Boote, ihre Torpedoboote gegen uns ansetzten. Sie werden jetzt die Antwort auf diese Frage erhalten.«

Einer der japanischen Soldaten ging nach vorn und stellte einen Koffer zwischen van Effen und Hauptmann Yamata. Alle starrten auf den Koffer — und dann auf Miß Plenderleith. Es war ihr Koffer. Ihre Lippen waren bleich, sie hielt die Augen halb geschlossen, wie vor namenlosem Schmerz. So saß sie auf der Erde, unbeweglich, stumm, in Sekunden um Jahre gealtert.

Van Effen, das heißt Oberstleutnant Alexis von Effen, gab einem japanischen Soldaten ein Zeichen. Der Soldat nahm den einen Griff des Koffers, van Effen den andern. Gemeinsam hoben sie den Koffer bis in Schulterhöhe und drehten ihn dann um.

Nichts fiel heraus — er schien leer zu sein. Nur das Leinenfutter hing nach unten durch, als sei es mit Blei gefüllt und beschwert. Van Effen gab Hauptmann Yamata ein Zeichen.

»Darf ich bitten, Hauptmann?« sagte er.

»Mit wirklichem Vergnügen, Oberstleutnant.«

Yamata kam einen Schritt nach vorn und zog mit einem Ruck das Schwert aus der Scheide. Es leuchtete hell auf in dem Licht der flackernden Öllampen. Dann durchschnitt die scharfe Schneide die dicke Leinwand des Kofferfutters, als ob sie nur Papier wäre.

Mit einem Male war das Glitzern des Schwertes ausgelöscht, es verging vor dem blendenden, strahlenden Flimmern, das wie ein leuchtender Regen aus dem Koffer zur Erde kam — das auf der Erde leuchtend lag: ein strahlender glitzernder Berg.

»Miß Plenderleith scheint eine ausgesprochene Vorliebe für funkelnde Steine zu haben«, sagte van Effen freundlich und schob die Fußspitze in das funkensprühende Häufchen zu seinen Füßen. Dann wandte er sich an Nicolson:

»Diamanten, Mister Nicolson, echte Diamanten. Die bedeutendste Kollektion, möchte ich annehmen, die man jemals außerhalb der Südafrikanischen Union gesehen hat. Der Wert dieser Steine beläuft sich — schätzungsweise — auf annähernd zwei Millionen Pfund!«

Van Effens leise Stimme verwehte. Alle, die auf dem Boden saßen, starrten wie in einer unheimlichen Hypnose auf den glitzernden, funkelnden Berg der Diamanten.

Nicolson bewegte sich als erster. Er blickte van Effen an, den angeblichen Holländer, der sich nun als Oberstleutnant der deutschen Abwehr zu erkennen gegeben hatte. Sie waren Feinde: der Engländer Nicolson und der Deutsche von Effen. Wie der Krieg es befahl. Aber sonderbar, Nicolson konnte diesem Mann gegenüber keine Bitterkeit empfinden, keinerlei Feindseligkeit. Dafür hatten sie allzu viel gemeinsam durchgemacht und durchgestanden. Und van Effen war immer selbstlos, ausdauernd und hilfsbereit gewesen. Die Erinnerung daran war noch zu frisch, als daß sie hätte ausgelöscht werden können.

»Zweifellos Borneo-Diamanten«, sagte Nicolson und sah van Effen an. »Vermutlich ungeschliffen.«

»Teils ungeschliffen, teils roh geschliffen«, sagte van Effen. »Ein kleiner Berg hier — und umgerechnet: hundert Jäger oder drei Zerstörer — was weiß ich. Ein Jammer, daß keiner dieser Steine jemals die Hand einer Schönen zieren wird — sondern nur die Schleifwerkzeuge in den Rüstungsfabriken. Wirklich ein Jammer, nicht wahr?«

Dann machte van Effen einen schnellen Schritt nach vorn und stieß mit dem Fuß gegen die Diamanten, daß sie sich in einer glitzernden Kaskade von der erhöhten Tribüne auf die lehmgestampfte Erde ergossen.

»Tand! Flitterkram!« sagte van Effen. «Und doch — es gibt hier in diesem Raum noch einen viel wertvolleren Schatz. Ich bin diesem Schatz nachgejagt. Ich habe seinetwegen Menschenleben auf dem Gewissen. Ich habe, leider, noch mehr Menschen in tödliche Gefahr gebracht.«

»Wir sind uns alle darüber klar, was für ein großartiger Ehrenmann Sie sind«, sagte Nicolson bitter. »Aber kommen Sie endlich zur Sache!«

Gleichgültig streckte van Effen die Hand nach unten aus und sagte: »Wenn ich Sie bitten dürfte, Miß Plenderleith!«

Die alte Dame starrte ihn aus verständnislosen Augen an.

Van Effen schnalzte mit den Fingern, verlor aber seine Höflichkeit nicht. »Also, bitte! Ich bewundere Ihre schauspielerische Leistung ...«

»Ich verstehe nicht, wovon Sie reden. Ich begreife überhaupt nichts!« sagte Miß Plenderleith.

»Nun, dann muß ich leider Ihrem Gedächtnis etwas nachhelfen.« In van Effens Stimme klang weder Überheblichkeit noch Triumph. »Ich weiß wirklich alles, Miß Plenderleith. Ich kenne sogar das Datum jenes kleinen, feierlichen Vorgangs, der in einem Dorf der Grafschaft Sussex stattfand — und zwar am 18. Februar des Jahres 1902.«

»Wovon in aller Welt reden Sie eigentlich?« brummte Nicolson ärgerlich.

»Miß Plenderleith weiß es ganz genau. Oder etwa nicht, Madam?«

Zum erstenmal war aus Miß Plenderleiths markantem, altem Gesicht jede Energie, jede Selbstbeherrschung gewichen. Sie ließ müde die Schultern sinken. Sie schien plötzlich um Jahre gealtert.

»Ja, ich weiß es.« Sie nickte und fuhr fort: »Der 18. Februar 1902 ist der Tag meiner Hochzeit — meiner Hochzeit mit dem Brigadier Farnholme. Wir haben unseren vierzigsten Hochzeitstag an Bord des Rettungsbootes gefeiert.« Sie versuchte zu lächeln, aber es mißlang.

»Wenn mir dieses Datum bekannt ist, Miß Plenderleith, dann dürften Sie kaum daran zweifeln, daß ich auch alles andere weiß!« sagte van Effen.

»Ja, ich glaube, daß Sie alles wissen«, antwortete sie. Ihre Stimme klang leise und wie aus weiter Ferne.

»Also — bitte!« Van Effen streckte wieder seine Hand aus. »Sie würden es sicherlich nicht gern sehen, wenn die Soldaten Hauptmann Yamatas eine Leibesvisitation bei Ihnen vornehmen müßten.«

»Nein — lieber nicht.«

Sie griff unter ihre vom Salzwasser verblichene Jacke, schnallte den Gürtel los und händigte ihn van Effen aus.

»Das hier ist es wohl, dem Sie nachjagten ...«

»Danke!« Van Effens Gesicht zeigte weder Triumph noch Befriedigung, obwohl er endlich in Händen hielt, was von unschätzbarem Wert für ihn war. »Das ist es in der Tat, was ich haben wollte.«

Er öffnete den Reißverschluß der Taschen des Gürtels, holte

die Fotokopien und Filme, die sich darin befanden, heraus und hielt sie lange gegen das Licht der flackernden Öllampen. Es vergingen fast zwei Minuten — und van Effen sah sie immer noch an. Endlich nickte er befriedigt und schob Filme und Fotokopien wieder in die Taschen des Gürtels zurück.

»Alles unversehrt«, sagte er leise. »Nach so langer Zeit und nach einem so weiten Weg — dennoch alles unversehrt.«

»Wovon, zum Teufel, reden Sie eigentlich?« fragte Nicolson gereizt. »Was ist es denn, was Sie da haben?«

»Das hier?« Van Effen warf einen Blick auf den Gürtel, den er sich gerade selbst umschnallte. Dann sah er Nicolson an. »Das hier, Mister Nicolson, lohnte jedes Opfer und jede Mühe. Das ist der Grund für all die Leiden der vergangenen Tage. Deswegen wurden die ›Kerry Dancer‹ und die ›Viroma‹ versenkt. Wegen dieses Gürtels mußten so viele Menschen sterben. Das ist auch der Grund, weshalb Hauptmann Yamata hier ist, obwohl ich bezweifle, daß ihm selber dieser Grund bekannt ist. Doch sein Kommandeur dürfte darüber informiert sein.«

»Kommen Sie endlich zur Sache«, unterbrach ihn Nicolson bissig.

Van Effen klopfte mit der Hand gegen den Gürtel, den er umgeschnallt hatte. »Ich brauche es Ihnen nicht zu sagen. Aber Sie können es alle wissen: die Taschen dieses Gürtels enthalten die vollständigen Pläne der vorgesehenen japanischen Invasion in Australien — bis in alle Einzelheiten. Allerdings verschlüsselt. Es ist so gut wie unmöglich, den japanischen Schlüssel zu entziffern. Aber es ist uns bekannt, daß es in London einen einzigen Mann gibt, der dazu in der Lage ist. Wenn es jemandem gelungen wäre, mit diesen Plänen durchzukommen und sie nach London zu bringen ...«

»Mein Gott!« unterbrach ihn Nicolson. Er war wie betäubt.

»Was bedeuten diesen Plänen gegenüber die Diamanten — und seien sie auch noch so wertvoll! Meinen Sie nicht auch, Mister Nicolson?«

»Allerdings«, antwortete Nicolson leise. Er sagte es automatisch, doch seine Gedanken waren ganz woanders.

»Doch jetzt haben wir beides — die Pläne und die Diamanten!« Noch immer war van Effens Stimme frei von jedem Unterton des Triumphes. Nicolson starrte auf die Diamanten.

»Genießen Sie den Anblick, solange Sie noch dazu in der Lage sind, Mister Nicolson!«

Hauptmann Yamatas kalte, zynische Stimme brach den Bann. Er berührte die Diamanten mit der Spitze seines Schwertes. »Wirklich schön — aber man muß Augen haben, um diese Schönheit sehen zu können!«

»Was wollen Sie damit sagen?« fragte Nicolson.

»Nicht viel. Nur: Oberst Kiseki gab mir den Auftrag, diese Diamanten sicherzustellen. Über die Gefangenen wurde nicht gesprochen. Sie haben Kisekis Sohn getötet. Nicolson!«

»Ich verstehe.« Nicolson sah den Hauptmann verächtlich an. »Eine Schaufel zuerst, um ein Loch auszuheben ... und dann der Genickschuß ...«

Yamata lächelte. »Fürchte, die Sache wird nicht so einfach abgehen!«

»Hauptmann Yamata!« Van Effen sah den japanischen Offizier an. Seine Augen waren um eine Winzigkeit schmaler geworden und verrieten seine innere Erregung.

»Herr Oberstleutnant?«

»Dieser Mann ist weder ein Spion noch Angehöriger einer feindlichen Truppe. Streng genommen — ist er sogar Zivilist und hat mit diesem Krieg nichts zu tun!«

»Zweifellos, zweifellos«, antwortete Yamata mit sichtbarer Ironie. »Bisher ist er nur verantwortlich für den Tod von vierzehn Angehörigen unserer Marine und von einem Piloten. Und er hat Oberst Kisekis Sohn getötet!«

»Das stimmt nicht. Siran mag es bezeugen!«

»Vor dem Oberst, nicht vor mir«, sagte Yamata gleichgültig.

Nicolson hatte plötzlich das Gefühl, als müsse er Zeit gewinnen; denn McKinnon war nicht bei ihnen, sondern lag irgendwo draußen, bewußtlos vielleicht, als er vom Kolbenhieb eines Japaners zusammenstürzte. Aber vielleicht war von McKinnon alles nur gespielt ...

»Ich würde gern noch eine oder zwei Fragen an van Effen richten«, sagte Nicolson zu Yamata.

»Erlaubt«, sagte Yamata. »Der Lastwagen, der uns zur Garnison bringt, ist noch nicht da.«

Nicolson richtete den Blick auf van Effen: »Eins hätte ich gern gewußt: von wem bekam Miß Plenderleith die Diamanten — und die Pläne?«

»Ist es jetzt nicht gleichgültig?« antwortete van Effen.

»Es ändert nichts an unserem Schicksal. Aber — neugierig war ich zeit meines Lebens«, sagte Nicolson.

»Also gut, ich will es Ihnen erzählen. Brigadegeneral Farnholme hatte sowohl die Diamanten als auch die Pläne. Wie er in den Besitz der Pläne kam, weiß ich noch nicht. Die Diamanten wurden ihm von den holländischen Behörden in Borneo ausgehändigt.«

»Sie scheinen sehr genau über ihn informiert zu sein?«

»Ja, das bin ich. Gehörte sozusagen zu meinem Beruf. Es war unsere Aufgabe, ihn zu beschatten. Farnholme war einer unserer gefährlichsten Gegner. Seit mehr als dreißig Jahren gehörte er dem englischen Secret-Service an.«

»Secret Service!« sagte Nicolson überrascht, warf einen schnellen Blick durch die offene Tür und sah van Effen wieder an. »Weiter, sprechen Sie weiter!« bat er dann.

»Weiter ist eigentlich nicht viel zu sagen. Von dem Verschwinden der Pläne wußten die Japaner und auch ich bereits wenige Stunden, nachdem sie gestohlen worden waren. Ich versuchte mit offizieller japanischer Unterstützung, dieser Pläne wieder habhaft zu werden. Womit wir nicht gerechnet hatten, war Farnholmes Idee — ein geradezu genialer Einfall —, gleichzeitig auch die Diamanten mitzunehmen.«

»Warum haben dann die Japaner die ›Kerry Dancer‹ versenkt?« warf Kapitän Findhorn ein.

»Sie wußten damals noch nicht, daß Farnholme sich an Bord befand. Siran allerdings wußte es. Er war hinter den Diamanten her.«

»War ich«, sagte Siran, »war ich, um die Steine den Japanern auszuhändigen.«

»Wußte Farnholme, wer Sie waren?« fragte Nicolson.

»Er hatte keine Ahnung — jedenfalls nicht eher, als bis wir im Rettungsboot saßen. Auch Siran mußte angenommen haben, daß Farnholme und ich unter einer Decke steckten. Ich nehme an, das war der Grund, daß er mich gerettet hat, genauer gesagt, daß er mich nicht über Bord geworfen hat, als die ›Kerry Dancer‹ absoff. Er war offenbar der Meinung, ich wüßte, wo sich die Diamanten befanden.«

»Das war allerdings ein Fehler von mir«, gab Siran mit verächtlicher Stimme zu. »Ich hätte Sie ertrinken lassen sollen.«

»Der Rest ist klar«, sagte van Effen, ohne auf Sirans spöttische Bemerkung zu antworten. »Farnholme kam zu der Überzeugung, daß es allzu riskant wäre, die Diamanten noch länger mit sich herumzuschleppen — und mit den Plänen war es natürlich ebenso. Die Pläne hat er Miß Plenderleith vermutlich an Bord der ›Viroma‹ gegeben, die Diamanten auf der kleinen Insel — während er seinen eigenen Koffer mit Handgranaten füllte. Ich habe in meinem ganzen Leben keinen so tapferen Mann kennengelernt wie ihn.«

Van Effen blieb eine Weile stumm, dann wandte er sich an den Funker Walters: »Zum Schluß noch etwas: ich muß mich noch bei Ihnen entschuldigen, Walters, daß ich mich länger als eine Stunde in Ihrer Funkbude auf der ›Viroma‹ aufgehalten habe und Ihnen einige Medikamente gab, die dafür sorgten, daß Sie tief und fest schliefen.«

Walters starrte ihn an — und auch Nicolson erinnerte sich, wie bleich der Funker an jenem Morgen ausgesehen hatte.

»Ich bitte sehr um Entschuldigung, Mister Walters. Aber es ging nicht anders. Ich mußte dringend einen Funkspruch durchgeben.«

»Die Position der ›Viroma‹, unseren Kurs und unsere Geschwindigkeit, wie?« fragte Nicolson grimmig. »Und außerdem die Bitte, keine Bomben in die Öltanks zu werfen. Sie wollten, daß man das Schiff nur stoppte, nicht wahr?«

»Mehr oder weniger — ja«, sagte van Effen.

»Dann verdanken wir es also Ihnen, wenn wir noch am Leben sind«, sagte Nicolson bitter.

»Ein wenig — vielleicht. Sie werden sich erinnern: nachdem wir in die Rettungsboote gingen, hat uns kein japanisches Flugzeug mehr angegriffen — ich hatte vom Dach des Ruderhauses aus ein entsprechendes Blinkzeichen mit meiner Taschenlampe gegeben.«

»Ich erinnere mich«, sagte Nicolson.

»Auch das U-Boot versenkte uns nicht. Der Kommandant wußte natürlich von den Diamanten im Wert von zwei Millionen Pfund.«

»Aber später griff uns ein Flugzeug an — und die Splitter eines Schrapnells durchschlugen ausgerechnet Ihren Oberschenkel«, warf Kapitän Findhorn ein.

Van Effen hob die Schultern hoch. »Der Pilot hatte vielleicht die Nerven verloren. Und — vergessen Sie nicht, daß sich in seiner Begleitung ein Wasserflugzeug befand, auf Abruf bereit, einen oder zwei Überlebende aufzufischen.«

»Beispielsweise Sie?«

»Ja, beispielsweise mich«, gab van Effen zu. »Das wäre alles. Weshalb mir Farnholme eins über den Schädel gab, als das Torpedoboot längsseits ging, werden Sie sich selbst zusammenreimen können. Es blieb ihm nichts anderes übrig, wenn er das Leben der anderen retten wollte. Ein tapferer, ein sehr tapferer Mann — und ein schneller Denker.«

Van Effen richtete den Blick auf Miß Plenderleith. »Sie haben mir einen ganz gehörigen Schrecken eingejagt, Madam, als Sie mir erzählten, Farnholme habe den ganzen Inhalt seines Kopffers auf der Insel zurückgelassen. Aber im nächsten Augenblick wußte ich, daß Sie gelogen hatten. Er hatte ja keine Möglichkeit mehr, zu dieser Insel zurückzukehren. Also konnte er die Diamanten dort nicht zurücklassen. Daher wußte ich, daß Sie die Pläne und die Diamanten bei sich haben mußten.«

Er sah sie lange an und schloß: »Sie sind eine sehr mutige Frau, Miß Plenderleith. Sie hätten Besseres verdient als diesen Ausgang.«

Im Raum war Schweigen. Der kleine Junge wimmerte im Schlaf. Gudrun wiegte ihn besänftigend in ihren Armen.

Hauptmann Yamata stand auf und sagte: »Ich höre den Lastwagen kommen. Es wird Zeit, daß wir aufbrechen.«

»Gut, gut!« sagte van Effen. Er stand sehr mühsam auf. Sein Bein war durch den Biß der Muschel, als er den kleinen Jungen vor dem Ertrinken gerettet hatte, und durch die Schrapnellwunde im Oberschenkel steif und so gut wie unbrauchbar. »Und Sie bringen die Gefangenen jetzt zu Ihrem Kommandeur?«

»Noch in dieser Stunde«, antwortete Yamata.

»Und nach dem Verhör durch Oberst Kiseki? Haben Sie eine Unterkunft für die Leute?«

»Das wird nicht nötig sein«, sagte Yamata mit brutaler Offenheit. »Ein Beerdigungskommando wird alles sein, was sie dann noch brauchen.«

»Meine Frage war nicht scherzhaft gemeint, Hauptmann Yamata!« sagte van Effen scharf.

»Meine Antwort auch nicht, Herr Oberstleutnant!« Hauptmann Yamata lächelte.

Von draußen waren die kreischenden Bremsen des Lastwagens zu hören. Kapitän Findhorn räusperte sich:

»Ich trage die Verantwortung für diese Leute hier, Hauptmann Yamata. Ich darf Sie an die internationalen Abmachungen über die Behandlung von Kriegsgefangenen erinnern.« Seine Stimme war leise und heiser, aber fest. »In meiner Eigenschaft als Kapitän der Britischen Handelsmarine verlange ich...«

»Schweigen Sie!« sagte Yamata heftig, sehr laut. Dann wurde seine Stimme leise, fast höflich: »Sie verlangen gar nichts, Kapitän. In ihrer Situation haben Sie überhaupt nichts zu verlangen!«

»Was wird Oberst Kiseki mit den Gefangenen machen?« fragte van Effen. »Sicherlich werden die beiden Frauen und das Kind...«

»Sie werden zuerst sterben — und es wird lange dauern, bis sie sterben. Und dann werden alle anderen sterben. Das Kind — vielleicht verschont er das Kind. Oberst Kiseki liebt Kinder. Aber alle anderen werden sterben — denn sie haben seinen Sohn umgebracht. Und die beiden Frauen zuerst...«

10

Yamata, der japanische Hauptmann, musterte die Gefangenen, die vor ihm auf der festgestampften Erde saßen. Der Ausdruck seiner Augen war kalt und düster. Von den Gefangenen aber zweifelte keiner daran, daß er seine furchtbare Drohung wahrmachen würde — und daß die beiden Frauen zuerst an die Reihe kämen. Auf einmal stieg in van Effen, von dem nun alle wußten, daß er der Oberstleutnant Alexis von Effen war, ein tiefer Haß gegen den Japaner hoch. Und er war entschlossen, die Gefangenen, die Gefährten furchtbarer Tage und Nächte, der Gewalt der Japaner zu entreißen.

Er sah Yamata an und sagte: »In einem haben Sie recht, Hauptmann. Einer von denen hier hat den Sohn des Oberst Kiseki auf dem Gewissen. Aber — einer von denen hier hat auch versucht, mich umzubringen. Ich habe eine persönliche Rechnung zu begleichen — und ich möchte diese Angelegenheit auf der Stelle erledigen.«

Nicolson ahnte, daß van Effen etwas vorhatte, um den Japaner von seinem furchtbaren Plan abzubringen. Aber er hatte keine Ahnung, was in den nächsten Minuten geschehen würde.

Der Japaner schien eine Weile zu überlegen, dann sagte er: »Selbstverständlich können Sie eine persönliche Rechnung begleichen. Sie sind ein Offizier unserer Verbündeten. Ein Befehl von Ihnen...«

»Besten Dank, Hauptmann Yamata! Betrachten Sie ihn als gegeben.«

Er drehte sich um, humpelte zu den Gefangenen, bückte sich und riß Vannier, den Vierten Offizier der ›Viroma‹, hoch. »Auf diesen Augenblick habe ich lange gewartet, du hinterhältige, kleine Ratte. Los, da drüben an die Wand!«

Er achtete nicht auf Vanniers verzweifeltes Gesicht, seine angstvollen Beteuerungen der Unschuld, sondern schleppte ihn quer durch den Raum zur Wand gegenüber dem Eingang.

Dann humpelte van Effen zurück auf die erhöhte Tribüne zu einem japanischen Soldaten, der dort stand, unter dem einen Arm sein eigenes Gewehr, unter dem anderen Farnholmes Schnellfeuergewehr. Mit der selbstverständlichen Sicherheit eines Mannes, der weder Einwand noch Widerstand erwartet, nahm van Effen dem Soldaten mit energischem Griff Farnholmes Karabiner ab. Er überzeugte sich, daß das Magazin voll geladen war, stellte die Waffe auf automatisches Schnellfeuer ein und humpelte wieder dorthin, wo Vannier an der Wand stand — mit starren, aufgerissenen Augen und stöhnend vor Angst.

Alle, die Japaner und die Gefangenen, starrten nur auf die Wand, auf van Effen und auf Vannier. Im gleichen Augenblick kam von draußen, von der gegenüberliegenden Seite, ein gellender Schrei, darauf eine kurze unheimliche Stille, dann ein knatternder, rauchender Flammenstrahl. Und schon prasselte Feuer am Eingang und an der Holzwand hoch, wurde in unglaublicher Geschwindigkeit zu einem züngelnden Flammenmeer. Draußen war McKinnon zu sehen, der bisher ohnmächtig im Freien gelegen hatte.

Hauptmann Yamata machte zwei Schritte auf den Eingang zu und öffnete den Mund, um ein Kommando zu brüllen — er starb mit offenem Mund, während der stählerne Hagel aus van Effens Karabiner seine Brust durchlöcherte.

Dann trafen die Kugeln andere Japaner — und unter dem Hagel der Geschosse stürzte auch Siran, der ehemalige Kapitän der ›Kerry Dancer‹, tot zu Boden. Immer noch stand van Effen mit einem Gesicht wie aus Stein.

Er schwankte, als der erste Schuß aus einem japanischen Gewehr ihn an der Schulter traf. Er strauchelte und sank auf ein Knie, als ein zweites Geschoß in seine Hüfte schlug. Doch noch immer blieb sein Gesicht völlig ausdruckslos. Sein Finger krümmte sich nur noch fester um den Abzug des Schnellfeuergewehrs.

Sie waren alle aufgesprungen — Nicolson, Walters und alle, die sich noch wehren oder zuschlagen konnten. Sie entrissen den japanischen Soldaten die Gewehre, sie schlugen wie rasend um sich in dem unheimlichen Dämmerlicht, in das der Raum durch den rötlichen Schein der Flammen und den dichten Rauch des Brandes getaucht war.

Im Untergrund seines Bewußtseins nahm Nicolson wahr, daß van Effens Schnellfeuergewehr verstummt war. Doch im nächsten Augenblick hatte er es schon wieder vergessen, weil ein Japaner ihn von hinten ansprang, den Arm um seine Kehle klammerte und ihn zu erwürgen versuchte. Vor seinen Augen war roter Nebel, in seinem Kopf hämmerte das Blut, die Kräfte verließen ihn. Es wurde langsam schwarz vor seinen Augen, als er wie aus weiter Ferne den Mann, der ihn im Würgegriff hielt, tödlich getroffen aufschreien hörte.

Im nächsten Augenblick versuchte McKinnon Nicolson hochzureißen, nach draußen zu schleppen — doch schon war es zu spät — zu spät jedenfalls für Nicolson. Der brennende Dachbalken, der von oben herabfiel, streifte ihn am Kopf und an der Schulter. Es wurde endgültig schwarz vor Nicolsons Augen ...

Als er wieder zu sich kam, lag er an der Wand einer Hütte. Er nahm undeutlich wahr, daß irgendwelche Leute um ihn herumstanden, und daß Miß Plenderleith ihm mit einem Tuch Blut und Ruß aus dem Gesicht wischte. Und er sah eine riesige Flamme, die zehn oder zwölf Meter hoch senkrecht in den schwarzen Himmel stieg.

Langsam kehrte sein Bewußtsein wieder zurück. Er erhob sich schwankend und stieß Miß Plenderleith ziemlich unsanft beiseite. Es war kein Schuß mehr zu hören.

Aus der Ferne kam das Geräusch des Motors eines Lastwagens: die Japaner, soweit sie am Leben geblieben waren, fuhren in panischer Eile davon.

»McKinnon!« schrie Nicolson. Das Prasseln der Flammen übertönte seine Stimme.

»Sind alle 'raus?« fragte er. »Oder ist noch jemand drinnen? ... Antworten Sie doch, verdammt noch mal ...!«

»Ich glaube, es sind alle draußen, Sir«, sagte der Funker Walters, der neben ihm stand. Er sagte es mit zögernder Stimme. »Von denen, die bei uns saßen, ist keiner mehr da drinnen. Das weiß ich genau, Sir!«

»Gott sei Dank!« sagte Nicolson. Und fuhr plötzlich fort: »Ist auch van Effen draußen?«

Walters zuckte die Schultern. Keiner gab Antwort.

»Haben Sie meine Frage nicht gehört?« brüllte Nicolson. »Ist van Effen draußen?«

Sein Blick fiel auf Vannier. Er war mit zwei Schritten bei ihm und rüttelte ihn wie einen Schuljungen an den Schultern:

»Ist van Effen noch da drinnen? Sie waren ihm am nächsten!«

Vannier starrte Nicolson an, verständnislos, aus vor Angst geweiteten Augen. Er öffnete den Mund, seine Lippen zuckten, aber es kam keine Antwort.

Da wußte Nicolson alles. Er ließ Vanniers Schultern los und schlug dem Vierten Offizier der untergegangenen ›Viroma‹ zweimal mit voller Wucht mitten ins Gesicht. Einmal mit der offenen Hand und einmal mit dem Handrücken. Dann packte er ihn erneut und schüttelte ihn.

»Antworten Sie, Vannier — oder ich bringe Sie um. Haben Sie van Effen absichtlich da drinnen liegen lassen?«

Vannier, auf dessen vor Angst bleichem Gesicht rote Striemen erschienen, nickte wortlos.

Nicolsons Faust krachte in Vanniers Gesicht.

»Er wollte mich umbringen ... er war drauf und dran, mich zu erschießen ...«, stotterte Vannier.

»Sie verdammter Idiot! Er hat doch alles nur gespielt! Und er hat Ihnen das Leben gerettet! Er hat uns allen das Leben gerettet!« brüllte Nicolson, fast irrsinnig vor Wut und Zorn.

Er gab Vannier einen Stoß, daß er taumelnd zu Boden stürzte. Er stieß die Hände, die ihn zurückhalten wollten, verächtlich beiseite. Zehn Schritte — dann sprang er durch den Flammenvorhang ins Innere des niederbrennenden Versammlungsraumes.

Die Hitze traf ihn wie ein Faustschlag. Er roch den versengten Geruch seiner Haare. Tränen schossen in seine Augen —

aber im hellen Schein der Flammen war es nicht schwer, van Effen zu sehen.

Er war an der noch unversehrten hinteren Wand zusammengesunken und hockte dort, auf den einen Ellbogen gestützt, am Boden. Sein Khakihemd und seine Drillichhose waren blutgetränkt, sein Gesicht war aschgrau. Vermutlich schon halbtot, dachte Nicolson. Und weiter: Es ist ohnehin ein Wunder, daß er hier in dieser Höllenhitze so lange am Leben bleiben konnte.

Van Effen sah Nicolson mit trübem Blick an. Nicolson beugte sich zu ihm herab und versuchte, seine Hand vom Karabiner zu lösen. Vergeblich. Die Hand war so fest um das Metall geschlossen wie ein Eisenband.

Keuchend und mit letzter Kraft nahm Nicolson, dem der Schweiß in Strömen über den erhitzten Körper lief, den Verwundeten — den Holländer van Effen, der in Wirklichkeit Oberstleutnant Alexis von Effen war — in die Arme und hob ihn mit übermenschlicher Anstrengung vom Boden auf.

Mit vier schweren, taumelnden Schritten setzte er über brennende Balken hinweg, die zwischen ihm und der Tür wie höllische Barrikaden lagen. Diese vier Schritte schienen ihm eine Ewigkeit. Wie mit glühenden Schwertern schnitt die Hitze in seine Fußsohlen, es wurde schwarz vor seinen Augen, der Raum begann sich um ihn zu drehen.

Halb im Delirium gelang ihm der Weg aus dem Flammenmeer in die kühle Nacht hinaus, die draußen über dem Dschungel lag. Er stand breitbeinig in der Dunkelheit, mit van Effen auf den Armen und sog in keuchenden Zügen die Luft tief in seine Lungen. Allmählich wurde ihm wieder klarer vor seinen Augen.

Er erkannte Walter, McKinnon und Findhorn, die ihm den Verwundeten abnehmen wollten. Doch Nicolson beachtete sie nicht. Er ging zwischen ihnen hindurch. Er trug van Effen über das Kampong in den Schutz einer Hütte. Langsam mit unendlicher Behutsamkeit, legte er den Verwundeten auf die Erde und knöpfte das durchlöcherte und blutbefleckte Hemd des Oberstleutnants auf. Van Effen griff mit schwachen Fingern nach Nicolsons Händen.

»Sie verschwenden Ihre Zeit, Mister Nicolson!« sagte er. Seine Stimme war nur ein schwaches Murmeln, vom Blut halb erstickt, kaum zu hören durch das knisternde Prasseln der Flammen.

Nicolson riß van Effens Hemd auf und zuckte entsetzt zusammen. Der Anblick war furchtbar. Er riß sich das eigene, halb versengte Hemd vom Körper, zerfetzte es in kleine Stücke, legte sie mehrfach zusammen und preßte sie auf die vielen Wunden, aus denen das Blut sickerte.

Um van Effens Mund zuckte es, als wollten die Lippen in dem bleichen, eingefallenen Gesicht des Deutschen lächeln. Seine Augen waren bereits glasig verschleiert.

»Ich habe Ihnen doch gesagt — verschwenden Sie nicht Ihre Zeit«, flüsterte van Effen. »Im Hafen von Bantuk... liegt die Barkasse... von Oberst Kiseki...«

Van Effen keuchte, mit einer matten Handbewegung bedeutete er Nicolson, sich tiefer zu ihm herabzubeugen. Mühsam fuhr er fort:

»Sie sollen davonkommen... alle... die tapferen Frauen ... das Kind, ihr alle, auch ihr tapferen Männer... Ich weiß, die Barkasse hat Radio an Bord... verstehen Sie, Nicolson, Funk. Vermutlich ein weitreichendes Sendegerät. Walters kann einen Funkspruch durchgeben...«

Van Effens Stimme klang flüsternd und dennoch beschwörend. »Sofort... die Barkasse und der Funkspruch, Mister Nicolson! Sofort...«

Seine Hände ließen Nicolsons Handgelenk los und fielen schlaff herab, sie blieben — die geöffneten Handflächen nach oben — auf der festgestampften Erde des Kampongs liegen.

»Warum haben Sie das alles getan, van Effen?«

Nicolson fragte — und er mußte sich Mühe geben, nicht zu weinen. Er starrte nach unten, in das Gesicht des schwerverwundeten Mannes, und schüttelte verwirrt den Kopf: »Warum um alles in der Welt haben Sie das getan? Für uns... Ihre Feinde...«

»Das mag der Himmel wissen, Nicolson. Vielleicht weiß ich es selber nicht. Vielleicht weiß ich es aber auch?«

Er schien nachzudeken. Er atmete jetzt sehr rasch, in sehr flachen Zügen, und bekam jedesmal nur ein paar keuchende Worte zwischen zwei Atemzügen heraus.

»Krieg ist Krieg«, sagte Oberstleutnant Alexis von Effen. »Aber das hier ist eine Sache für Barbaren... Mister Nicolson... für Barbaren!«

Er hob mühsam eine Hand. »Aber wir.. wir sind Menschen, Nicolson. Deswegen...«

Auf seine Lippen trat blutiger Schaum. Er begann keuchend zu husten, sein Körper bäumte sich wie in wahnsinnigen Schmerzen auf. Dann sank er wieder zurück, so lautlos und still, daß Nicolson meinte, er sei tot.

Noch einmal öffnete van Effen die Augen, hob langsam und mit unendlicher Anstrengung die Lider und sah Nicolson aus verschleierten Pupillen an.

»Ich glaube, Nicolson«, sagte er mühsam und mit einem letzten Versuch des Lächelns, »wir beide haben — eines gemeinsam... Ich glaube, wir haben beide eine Schwäche für... Gudrun Drachmann... und für... kleine Kinder...«

Nicolson starrte ihn an, dann wandte er den Kopf ab. Ein Krachen zerschnitt die Stille der Nacht. Eine Flammenwand stieg zum Himmel, so hell, daß das kleine Dorf im Dschungel bis in seine letzten Winkel erleuchtet war. Dann stürzten die letzten Wände des Versammlungshauses ein. Schnell sanken die züngelnden Flammen in sich zusammen.

Nicolson wandte den Blick von der Glut und beugte sich wieder hinab zu van Effen. Doch van Effen war bewußtlos. Und Nicolson wußte, diese Ohnmacht würde in den ewigen Schlaf hinüberwechseln.

Langsam, mühsam richtete er sich auf, blieb aber auf den Knien und starrte hinunter auf den schwerverwundeten Mann. Seine Augen schlossen sich, doch im nächsten Augenblick krallten sich Finger in die rote, verbrannte Haut seines Oberarms.

»Kommen Sie, Sir, kommen Sie! Stehen Sie auf — um Gottes willen, stehen Sie auf!«

Es war McKinnons Stimme. Nie hatte sie so verzweifelt geklungen. »Sir, sie haben sie mitgenommen! Diese gelben Teufel haben sie mitgeschleppt!«

»Was denn... wen denn?«

Nicolson begriff nicht, was McKinnon meinte. Er schüttelte seinen benommenen, schmerzenden Kopf hin und her.

»Was haben sie mitgenommen? Die Pläne... die Diamanten? Von mir aus... sollen sie...«

»Zur Hölle mit den Diamanten!« schrie McKinnon. Er schrie, wie Nicolson ihn noch nie hatte schreien hören. Er schrie nicht nur, er weinte wie ein kleines Kind. Sein Gesicht war tränenüberströmt, seine großen Hände waren zu Fäusten geballt. Er schien rasend zu sein, von Sinnen vor Wut.

»Diese gelben Teufel«, schrie er und hämmerte mit den

Fäusten gegen seine Stirn. »Sie haben Gudrun mitgenommen. Ich habe gesehen, Sir, wie sie sie in den Lastwagen verfrachteten — den Kapitän, Miß Gudrun Drachmann und den armen, kleinen Jungen...«

Von niemand beachtet, ging Miß Plenderleith über den Kampong. Sie ging sehr langsam, beinahe zögernd. Die Flammen waren verzüngelt. Allmählich gewöhnten sich die Augen wieder an die Dschungelnacht. Sie sahen den Himmel, die Wipfel der Urwaldbäume, und über ihnen die Sterne.

Der einzige, der ihr nachsah, wie sie so dahinschritt, war McKinnon. Aber der Bootsmann hatte noch immer die Finger in Nicolsons Arm gepreßt. Es war gleichgültig, was Miß Plenderleith tat. Aber es war nicht gleichgültig, was mit den Geiseln geschah — mit dem Kapitän, mit Gudrun Drachmann und dem kleinen Jungen. Jede Sekunde, die sie untätig verstreichen ließen, konnte die Geiseln das Leben kosten — McKinnon hatte keine Zeit, sich um Miß Plenderleith zu kümmern.

Sie blieb dort stehen, wo van Effen lag. Sie sah die blutdurchtränkten Hemdfetzen auf seinem Körper und das eingefallene, bleiche Gesicht, das erbarmungslos schon von den Schatten des Todes gezeichnet war.

Noch vor Minuten hatte sie ihn gehaßt wie keinen anderen Menschen auf der Welt. Und wenn sie ihn hätte töten können, hätte sie es getan.

Nun aber wußte sie, daß sie sich in ihm getäuscht hatte. Wenn er jetzt starb — oder schon gestorben war, dann nur deswegen, weil er sie alle vor den Japanern und vor einem grausamen Ende bewahren wollte.

Sie beugte sich zu ihm herab und strich sein Haar aus der nassen, kalten Stirn. Und sie flüsterte: »Und grüßen Sie Foster, wenn Sie ihn treffen... drüben... Sie werden ihn bestimmt treffen...«

Die Tränen strömten über ihr eingefallenes, altes Gesicht. Wie durch einen dichten Schleier hindurch sah sie, daß van Effens Augen weit geöffnet waren, starr und verglast und gebrochen.

Ihre welken Hände glitten über seine Lider und versuchten sie zu schließen. Miß Plenderleith drückte Alexis von Effen **die Augen zu.**

Mühsam richtete sie sich auf. Und als sie zu den andern zurückkehrte, sagte sie:

»Er ist tot. Ehe wir abfahren, sollten wir dafür sorgen, daß er ein anständiges Grab bekommt, wie es ihm zusteht!«

Kaum fünf Minuten waren vergangen, seitdem Nicolson von McKinnon die furchtbare Mitteilung erhalten hatte, daß die Japaner auf ihrem Lastwagen den Kapitän, Gudrun Drachmann und den kleinen Jungen als Geiseln fortgeschleppt hatten.

Jenseits des Zorns liegt die Wut, die rasende, sinnlose Wut des Berserkers. Jenseits der Wut aber liegt die Region der völligen Gleichgültigkeit. In dieser Region lebte jetzt Nicolson. Furcht und Schmerz, Gefahr und Erschöpfung hatten für ihn ihre Bedeutung verloren.

Sein Kopf war sehr klar, unnatürlich klar sogar, während er alle Möglichkeiten überdachte, wie man den Kapitän, Gudrun Drachmann und den kleinen Jungen den Japanern entreißen konnte, bevor sie das ihnen zugedachte furchtbare Schicksal treffen konnte.

In fieberhafter Eile durchdachte er den einzigen Plan, der eine Spur von Aussicht auf Erfolg und Hoffnung zu haben schien. Der Plan war einfach, selbstmörderisch einfach — und die Chancen, daß er gelingen könne, standen, wenn er es recht überdachte, zehn zu neunzig dagegen. Aber er überdachte es nicht.

Er stellte in rascher Folge ein halbes Dutzend Fragen an Telak, der sich mühsam aufrecht hielt und seine Schmerzen zu verbergen suchte. Aber man sah ihm an, wie die Bajonettstiche, die seinen Körper und sein Gesicht bedeckten, ihn schmerzten.

Dann wandte sich Nicolson an McKinnon. Und McKinnon erzählte, wie alles gekommen war. Der Brand des Versammlungshauses, die Panik unter den Japanern, und Nicolson hörte aufmerksam zu.

»Sie erinnern sich, Sir«, sagte McKinnon, »daß mich ein Japaner mit dem Kolben schlug, als wir ins Versammlungshaus getrieben wurden?«

Nicolson nickte nur.

»Ich stellte mich bewußtlos, ließ mich zu Boden fallen, unweit der Eingangstür...«

»Weiter! Schneller!«

»Kein Japaner paßte auf mich auf. Ein Bewußtloser, dachten sie, kann nicht viel anstellen.«

Nicolson starrte McKinnon an. Hörte er ihm überhaupt zu? Seine Augen schienen in eine weite Ferne gerichtet zu sein.

»Dann kam der Lastwagen, Sir. Ich klaute aus dem Lastwagen, auf den keiner aufpaßte, weil alle ins Versammlungshaus gingen, einen Benzinkanister. Außerdem versuchte ich, den Verteiler zu beschädigen. Aber ich fand ihn in der Dunkelheit und in der Eile nicht, Sir. Blieb mir also nichts weiter übrig, als die Benzinleitung lahmzulegen. Das weiche Kupfer bog sich unter meinen Händen wie Glaserkitt, Sir!«

Nicolson schien jetzt erst aufmerksam zuzuhören.

»Und — wie weit kann der Lastwagen mit der defekten Benzinleitung gekommen sein, Mc Kinnon?«

Der Bootsmann überlegte und meinte: »Schätzungsweise eine Meile, wenn sie Glück haben, eineinhalb, mehr bestimmt nicht, Sir!«

»Nach Bantuk sind es vier Meilen ...«, sagte Nicolson mehr zu sich selber.

Nicolson stützte den Kopf in die Hände. Als er ihn nach Sekunden wieder hob, war ihm alles klar.

Zehn Minuten später waren zwei Gruppen unterwegs. Die größere, unter Leitung Vanniers, hatte den Auftrag, sich auf der Fahrstraße nach Bantuk zu begeben, um sich dort, falls es ohne Lärm möglich sein sollte, der Barkasse des Obersten Kiseki zu bemächtigen.

Bevor Nicolson selber aufbrach, gab er Telak Befehl, die toten Japaner nach Waffen abzusuchen. Eine Maschinenpistole, zwei Selbstladegewehre und eine sonderbar aussehende automatische Pistole waren noch verwendungsfähig.

Telak verschwand noch einmal in seiner Hütte des Dschungeldorfes. Sekunden später kam er wieder heraus — mit zwei Sumatra-Parangs, scharf wie Rasiermesser, und zwei seltsamen, kunstvoll ziselierten Dolchen, fünfundzwanzig Zentimeter lang und von der Form einer Flamme. Er steckte die Dolche in seinen Gürtel.

Einige Minuten später war auch die zweite Gruppe unterwegs: Nicolson, McKinnon und Telak.

Die Straße nach Bantuk war keine Straße. Sie war nur ein geebneter Dschungelpfand, knapp zwei Meter breit. In vielen Windungen führte er durch Palmölplantagen, Tabakplantagen und überriechende Sümpfe, in denen man bis zu den Knien einsank, wenn man in der heimtückischen Dunkelheit auch nur einen Fußbreit vom Weg abkam.

So schleppten sich die drei dahin: Nicolson, Mc Kinnon und Telak ...

Jeder von ihnen war verletzt, war sogar schwer verletzt. Jeder von ihnen hatte Blut verloren, am meisten von allen Telak. Kein Arzt, der etwas von seinem Fach verstand, hätte auch nur eine Sekunde gezögert, jeden der drei Männer ins Lazarett zu schicken.

Trotzdem legten Nicolson, McKinnon und Telak den Weg nach Bantuk im Laufschritt zurück. Ihre Herzen hämmerten unter der übermenschlichen Anstrengung. Ihre bleischweren Beine brannten vor Schmerzen, ihre Lungen keuchten. Der Schweiß lief ihnen in Strömen über den Körper. Doch sie liefen und hörten nicht auf zu laufen.

Telak, weil sein Vater tot im Dorf lag, ein japanisches Bajonett in der Brust.

McKinnon, weil er vor Wut rasend war und sein Herz ihn so lange in Gang halten und weiterlaufen ließ, bis er tot umfiel.

Nicolson, weil er nicht mehr bei sich, weil er außer sich war, jenseits aller Schmerzen und Qualen.

Als sie nach einer Abkürzung, über die sie Telak geführt hatte, wieder die Straße nach Bantuk kreuzten, sahen sie in der Dunkelheit, keine zwei Meter entfernt, den Lastwagen der Japaner stehen. Sie verhielten nicht einmal den Schritt; denn sie sahen auf den ersten Blick, daß er verlassen war. Die Japaner hatten ihre Gefangenen mitgenommen und den Weg nach Bantuk zu Fuß fortgesetzt.

»Wie weit ist es von hier noch bis Bantuk?« fragte Nicolson Telak.

»Hier ist genau der halbe Weg. Noch zwei Meilen.«

McKinnon fluchte vor sich in. »Wieder meine Schuld, Sir«, sagte er. »Schätze, der Wagen würde höchstens eine Meile weit kommen mit der verbogenen Benzinleitung.«

Nicolson antwortete nicht. Er wandte sich an Telak:

»Wie lange sind nach Ihrer Meinung die Japaner schon fort?«

Telak schien nach Fußspuren zu suchen, dann schüttelte er bedauernd die Schultern.

Nicolsons Gesicht schien plötzlich eingefallen zu sein. Für Sekunden hockte er sich auf das Trittbrett des Lastwagens. Es war ihm klar, daß ihre Aussichten nun sehr viel geringer geworden waren. Er atmete tief die Nachtluft ein, straffte sich, und von einer Sekunde zur anderen schien wieder alle Hoffnungslosigkeit von ihm abgefallen zu sein.

»Weiter«, sagte er. »Und so schnell wie möglich!«

Nicolson sah Schreckensbilder vor seinen Augen, während er weiter durch den Dschungel rannte. Er sah Gewehrkolben, vielleicht sogar Bajonette, mit denen die Japaner erbarmungslos den alten, verwundeten Kapitän Findhorn vorwärtsstießen, der vor Erschöpfung taumelte. Er sah Gudrun, schwankend, stolpernd und zu Tode erschöpft; denn schon nach einer Meile war ein Kind von zweieinhalb Jahren eine kaum noch zu tragende Last. Oder war der Junge schon ausgesetzt am Rande des Dschungels, dem sicheren Tod preisgegeben?

Es war kalt geworden, die Sterne waren verschwunden. Es fing an zu regnen, als Nicolson, McKinnon und Telak den Stadtrand von Bantuk erreichten.

Bantuk war eine typisch javanische Küstenstadt. Unten am Strand die windschiefen Fischerhütten, im Schutz einer Mole Barkassen und Fischerboote, Prahme und Doppelauslegerkanus. Hinter den Fischerhütten lagen zwei oder drei Reihen strohgedeckter Häuser. Dann begann das Laden- und Geschäftsviertel, das überleitete zu den Häusern des Villenviertels — mit schmucken, kleinen Bungalows und Villen im Kolonialstil, alle umgeben von großen, schönen Gärten.

Zu diesem Teil der Stadt führte Telak jetzt Nicolson und McKinnon. Die drei Männer liefen in unverminderter Eile durch die dunklen Straßen der Stadtmitte. Nur wenige Menschen waren noch unterwegs. Hier und dort waren noch Kaffeestuben geöffnet. Ihre Inhaber, Chinesen in weißen Kitteln, die unter den Markisen des Eingangs standen, schauten den drei Männern schweigend und völlig gleichgültig nach.

Eine halbe Meile von der Bucht entfernt verlangsamte Telak das Tempo, fiel in vorsichtigen Schritt und winkte Nicolson und McKinnon durch ein Zeichen in die schützende Dunkelheit einer Hecke. Die Schotterstraße, an deren Rand sie standen, war eine Sackgasse, die etwa fünfzig Meter weiter an einer hohen Mauer endete.

In der Mitte der Mauer öffnete sich ein überdachtes Tor, das von zwei elektrischen Lampen hell beleuchtet wurde. Unter seinem Bogen standen zwei Männer. Sie rauchten und unterhielten sich. Selbst auf diese Entfernung waren die graugrünen Uniformen und die Mützen der japanischen Armee unverkennbar.

Hinter dem Tor konnte Nicolson die Auffahrt sehen, die zu dem höher gelegenen Haus hinaufführte. Vor dem Haus schimmerte im Licht der Lampen eine Veranda mit weißen Säulen. Zwei große Fenster waren hell erleuchtet.

Nicolson wandte sich keuchend an Telak.

»Das Haus des Obersten Kiseki?« fragte er.

»Ja, das ist es. Das größte Haus in Bantuk.« Auch Telak sprach, wie Nicolson, stoßweise, unterbrochen von kurzen, heftigen Atemzügen. Nicolson wischte sich den Schweiß von der Stirn, von der Brust und den Armen. Dann rieb er seine Handflächen trocken.

»Und diese Straße hier müßten sie kommen — mit den Gefangenen — mit dem Kapitän, mit Gudrun und dem kleinen Jungen?«

»Es gibt keinen anderen Weg«, sagte Telak. »Hier müssen sie entlangkommen... falls sie nicht schon gekommen sind...«

11

Noch einmal wiederholte Telak flüsternd:

»Sie müssen hier entlangkommen... falls sie nicht schon gekommen sind!«

»Ja«, sagte Nicolson, »falls sie nicht schon gekommen sind.«

Zum erstenmal schien er mutlos zu werden, ohne Hoffnung und voller Angst. Doch diese Entmutigung dauerte nur wenige Sekunden. Dann waren keine ängstlichen Gedanken mehr da, sondern nur der Plan, den er mit kalter Entschlossenheit durchführen wollte. Nicolson machte eine gleichgültige Handbewegung und sagte leise:

»Sollten sie wirklich schon vor uns dagewesen sein, dann ist es ohnehin zu spät. Wenn nicht, so haben wir noch ein paar Minuten Zeit. Es ist besser, wir verschnaufen noch eine Weile — wir werden den Atem brauchen für das, was wir vorhaben. Wie fühlen Sie sich, Bootsmann?«

»Es juckt mir in den Händen, Sir«, sagte McKinnon. Er

sah zum erleuchteten Haus am Ende der Auffahrt hinauf: »Kommen Sie, gehen wir hinein!«

»Gleich, Bootsmann«, antwortete Nicolson. Seine Augen zogen sich zusammen, dann drehte er sich zu Telak um und fragte: »Sehe ich recht — die Mauer ist mit eisernen Spitzen gesichert?«

»Leider. Die Eisenspitzen wären nicht schlimm, Sir. Aber sie sind elektrisch geladen.«

»So bleibt also nur der Weg durchs Tor, wenn wir in Kisekis Villa kommen wollen?« fragte Nicolson gelassen und, wie es schien, sehr ruhig.

»Ja — und auch nur durch das Tor wieder hinaus, wenn wir noch am Leben sind«, sagte Telak.

»Klarer Fall. Völlig klarer Fall . . .«

Die nächsten zwei Minuten sprach keiner der drei Männer im Schatten der Gebüsche ein Wort. Nur ihr keuchender Atem war zu hören, der allmählich wieder ruhiger und gleichmäßiger wurde.

Dann rieb Nicolson mit den Händen über die angesengten Reste seiner Drillichhose, um das letzte bißchen Feuchtigkeit von seinen Handflächen zu wischen und sagte zu Telak:

»Erinnern Sie sich, daß wir vorhin an einer hohen Mauer vorbeikamen?«

»Ja, etwa zwanzig Schritte weiter unten.«

»Mit Bäumen dahinter, die dicht an der Mauer stehen?«

»Stimmt«, nickte Telak.

»Ich schlage vor, daß wir dorthin zurückgehen.«

Und schon machte Nicolson kehrt und ging vorsichtig, mit unhörbaren Schritten, im Schutz der Hecke zu der hohen Mauer mit den Bäumen zurück.

Sekunden später lag Nicolson vor der hohen Mauer am Boden. Von McKinnon und Telak war nichts zu sehen, unsichtbar lauerten sie im Schatten der Nacht, kaum daß sie atmeten. Nicolson begann zu stöhnen, zuerst leise, dann lauter und schmerzverzerrter.

Der eine der beiden Posten am Portal zur Villa Kisekis spähte ängstlich die Straße hinunter. Als das Stöhnen noch lauter zu ihm drang, wurde auch der zweite Posten aufmerksam.

Die beiden sahen einander an, redeten hastig und schnell miteinander, zögerten einen Augenblick unschlüssig und kamen dann im Laufschritt die Straße herunter. Einer der Posten leuchtete mit der Taschenlampe die Gegend ab.

Nicolson stöhnte noch heftiger und wälzte sich auf die andere Seite, so daß er den näher kommenden Posten den Rücken zukehrte. Es war besser, wenn sie nicht sofort sahen, daß hier ein Europäer lag. Im schwankenden Licht der Taschenlampen sah Nicolson Bajonette blitzen.

Die beiden Posten machten halt und bückten sich über die Gestalt, die da am Boden lag. Und sie starben beide in gebückter Haltung und fast zur gleichen Sekunde. Der eine mit einem flammenförmigen Dolch im Rücken. Telak hatte ihn, oben von der Mauer springend, bis ans Heft in den Körper des Japaners gestoßen. Der andere starb unter McKinnons kräftigen Händen, die seinen Hals mit eisernem Griff umschlossen hielten.

Schon stand Nicolson auf den Beinen. Der Trick, den er sich ausgedacht hatte, war erfolgreich gewesen. Er starrte die beiden toten Soldaten an.

»Zu klein«, murmelte er, »viel zu klein! Ich dachte, die Uniformen könnten uns passen, ich hoffte, wir könnten uns verkleiden...«

Verbittert stand er da, doch nur einen Augenblick. Es war keine Zeit mehr zu verlieren.

»Weg mit den Toten — über die Mauer mit ihnen!« befahl er.

Geräuschlos gingen Telak und McKinnon ans Werk. Dann war die Straße leer, nirgendwo eine verräterische Spur dessen, was geschehen war. Nur die Bäume rauschten leise im Nachtwind. Und aus den Fenstern der Villa oben am Hang über der Straße flutete grelles Licht.

Sekunden später schritten Nicolson, McKinnon und Telak durch das jetzt unbewachte Tor. Keiner war da, der sie aufgehalten hätte. Im nächsten Augenblick befanden sie sich innerhalb des stark gesicherten Grundstücks.

Sie huschten nicht die Auffahrtstraße hinauf, sondern hielten sich im Schatten der kleinen Bäume, die in unregelmäßigen Abständen auf den Wiesenhang gepflanzt waren, der sich vom Portal zur Villa hinaufzog. Diese Rasenfläche lag fast im Schatten. Geräuschlos glitten die drei Männer über das Gras, aus der Deckung des einen Baumes bis zum nächsten. Im Schutz eines Gebüsches dicht vor der Villa kauerten sie sich nieder.

Nicolson beugte sich vor und berührte mit dem Mund fast Telaks Ohr, als er den Indonesier fragte:

»Schon mal hier gewesen?«

»Noch nie«, flüsterte Telak ebenso leise.

»Ob es noch andere Türen gibt?«

»Ich weiß es nicht.«

»Ob diese großen Fenster mit einer Alarmeinrichtung gesichert sind?«

»Vielleicht. Vielleicht auch nicht.«

Nicolson schien eine Weile zu überlegen. Dann entschied er.

»Bleibt also doch nur der Haupteingang. Daß Besucher wie wir durch den Haupteingang kommen, dürfte für die Herrschaften da drinnen eine ziemliche Überraschung bedeuten. Und diese Überraschung ist unsere Chance — wenn wir überhaupt eine haben.«

Telak nickte, und auch McKinnon nickte. Sie hatten gehört, was Nicolson gesagt hatte.

Nicolson griff an seinen Gürtel, holte den Parang heraus, den Telak ihm gegeben hatte, und richtete sich aus seiner kienden Stellung langsam auf, Zentimeter um Zentimeter, beinahe im Zeitlupentempo.

»Leise... kein Geräusch! Und drinnen: schnell, sauber und ohne Lärm...«

Nicolson stand auf. Doch nach einem halben Schritt sank er wieder auf die Knie. Er spürte einen heftigen Schmerz in seinem verbrannten Oberarm, er spürte eine kräftige Hand, die ihn zu Boden zwang. Er biß die Lippen zusammen, um vor Schmerz nicht laut aufzuschreien. Er drehte nur den Kopf zur Seite, halb nach oben. Neben ihm stand, unbeweglich wie eine Statue, McKinnon.

»Was ist?« flüsterte Nicolson.

»Da kommt jemand«, hauchte McKinnon in Nicolsons Ohr. »Sie haben wahrscheinlich auch vor dem Haus Posten stehen.«

Nicolson lauschte und schüttelte dann den Kopf.

»Ich kann nichts hören!«

Trotzdem zweifelte er nicht daran, daß der Bootsmann sich nicht getäuscht hatte. McKinnons Ohren waren genauso scharf wie seine Augen.

»Auf dem Rasen!« murmelte McKinnon. Und nach einer

Weile flüsterte er: »Er kommt näher, direkt auf uns zu. Ich schnappe mir den Burschen.«

»Lassen Sie ihn!« Nicolson schüttelte energisch den Kopf. »Ich fürchte, es macht zuviel Lärm!«

»Ich muß ihn schnappen, Sir. Er wird uns hören, wenn wir über den Kies zur Villa gehen!«

McKinnons Stimme war noch leiser geworden. Nicolson lauschte in die Dunkelheit. Nun hörte auch er, wie jemand näher kam. Er hörte das leise Geräusch von Füßen, die vorsichtig durch das nasse Gras glitten.

»Es wird nichts zu hören sein, Sir, wenn ich ihn mir schnappe«, sagte McKinnon.

Diesmal nickte Nicolson.

Der Mann war nun deutlich zu sehen, er stand auf ihrer Höhe, nur auf der anderen Seite des Gebüsches. Sekunden später kam er knapp einen Meter von ihnen entfernt vorbei, drehte sich um und starrte auf die beiden hell erleuchteten Fenster der Villa. Hinter ihnen war das gedämpfte Geräusch vieler Stimmen zur hören.

Lautlos wie ein Geist erhob sich McKinnon, und schon schlossen sich seine Hände mit eisernem Griff um den Hals des Mannes. Es war nicht das leiseste Geräusch zu hören. Nicolson schauderte unwillkürlich. Wie lange man doch mit einem Mann zusammenleben konnte, dachte er, ohne ihn wirklich zu kennen. Und mit McKinnon lebte er über drei Jahre zusammen.

Sie ließen den Mann hinter dem Gebüsch liegen und überquerten ohne jede Hast den kiesbestreuten Vorplatz. Sie stiegen die Stufen hinauf und gingen, von niemand behindert, durch die weitgeöffnete Doppeltür des Haupteingangs hinein in die Villa, die Residenz des japanischen Oberst Kiseki.

Was hatte Telak von ihm gesagt? Nicolson erinnerte sich: »Er ist kein Mensch — er ist nicht einmal ein Unmensch. Er ist viel schlimmer: Kiseki ist eine Dschungelbestie!«

Sie kamen in eine große Halle. Ein Kronleuchter in der Mitte verbreitete mattes Licht. An beiden Seiten führten Treppen nach oben. Am Anfang der Treppen waren rechts und links zwei Flügeltüren, und zwischen ihnen, an der hinteren Wand, eine dritte, einfache Tür. Die seitlichen Flügeltüren waren geschlossen, die Tür im Hintergrund stand offen.

Nicolson bedeutete McKinnon und Telak durch ein Zeichen,

zu beiden Seiten der rechten Flügeltüre Aufstellung zu nehmen. Er selbst ging auf unhörbaren Sohlen quer durch die Halle zu der offenstehenden Tür im Hintergrund.

Er drückte sich flach gegen die Wand, reckte den Kopf lauschend vor und richtete den Blick auf die geöffnete Tür. Zunächst hörte er nichts, dann vernahm er aus der Ferne das schwache Geräusch leiser Stimmen und gelegentlich das Klirren von Geschirr.

Nicolson schob sich geräuschlos vor und warf einen schnellen Blick durch die Tür. Er sah in einen schwach beleuchteten Gang, mit Türen zu beiden Seiten. Es war niemand zu sehen.

Nicolson trat rasch einen Schritt in den Gang, faßte mit der Hand hinten an die Tür, fand einen Schlüssel, zog ihn heraus, machte die Tür leise zu und schloß sie ab.

Unhörbar wie vorher ging er in die Halle zurück. Nicolson flüsterte Telak etwas zu und wartete, bis der Indonesier sich lautlos entfernt und hinter der Tür rechts verborgen hatte.

Nicolson hielt einen Augenblick das Ohr lauschend an den Spalt der rechten Flügeltür, dann drückte er mit dem Zeigefinger sacht dagegen. Die beiden Türflügel gaben millimeterweise nach. Nicolson nickte zufrieden und gab McKinnon ein Zeichen. Die beiden Männer brachten ihre Waffen in Anschlag und hielten sie so, daß die Mündungen in halber Höhe nach vorn zeigten. Dann stießen Nicolson und McKinnon die beiden Flügeltüren mit einem schnellen Fußtritt weit auf und standen gleichzeitig im Raum.

Er glich einer Halle, mit holzgetäfelten Wänden und breiten Fenstern, vor denen Moskitovorhänge hingen. Zwischen den beiden Türen an der linken Wand stand eine lange Anrichte aus Eichenholz.

In der Mitte der Halle sahen Nicolson und McKinnon eine hufeisenförmige Festtafel mit vierzehn Stühlen, auf denen vierzehn Männer saßen.

Einige dieser vierzehn Männer redeten weiter, lachten oder tranken aus den hohen Gläsern, die sie in der Hand hielten, ohne das Auftauchen der beiden Eindringlinge mit ihren Waffen im Anschlag zu bemerken. Erst als die anderen stumm wurden, ließen sie die Hände mit den Gläsern langsam sinken. Sekunden später waren alle verstummt, sie starrten zur Tür und saßen regungslos.

Wer Oberst Kiseki sein mußte, war Nicolson und McKinnon

auf den ersten Blick klar. Er saß in einem reichverzierten Sessel mit hoher Lehne am Kopfende der Tafel — ein untersetzter Mann von gewaltiger Leibesfülle. Der Hals quoll wulstig über den engen Kragen der Uniform. Die kleinen Schweinsaugen verschwanden beinahe hinter speckigen Falten. Sein kurzes Haar war an den Schläfen grau. Das Gesicht des Oberst Kiseki war vom Alkohol gerötet. Auf dem Tisch vor ihm stand eine Batterie geleerter Flaschen.

Als Nicolson und McKinnon den Raum betreten hatten, hatte er schallend gelacht. Nun saß er wie lauernd in seinem Sessel, leicht vorgebeugt, die Hände umklammerten krampfhaft die Armlehnen. Sein schallendes Lachen war langsam zu starrer Fassungslosigkeit zerronnen.

Niemand sprach. Niemand bewegte sich. Langsam, vorsichtig, rückten Nicolson und McKinnon zu beiden Seiten der Tafel vor, Nicolson links und Mc Kinnon rechts an der Wand. Mit ihren Augen verfolgten die vierzehn jede Bewegung der beiden Männer mit den schußbereiten Waffen.

Als Nicolson auf seiner Seite die Mitte der Tafel erreicht hatte, blieb der stehen. Er überzeugte sich, daß McKinnon alle Männer scharf im Auge hielt. Schnell drehte er sich um und öffnete die erste Tür links, spähte in den angrenzenden Raum und — hörte eine Bewegung.

Die Türklinke hatte in Nicolsons Hand kaum Klick gemacht da griff ein Offizier, der mit dem Rücken zu Nicolson saß und dessen Hand McKinnon von seinem Platz aus nicht sehen konnte, an seine Hüfte.

Und schon hielt er in der Hand einen Revolver, als ihn Nicolson — wie durch ein Wunder auf das kleine Geräusch aufmerksam geworden — mit dem Kolben seines Karabiners mit voller Wucht knapp hinter dem rechten Ohr traf.

Der Revolver fiel auf den Fußboden, der Schuß, der sich löste, traf niemand. Der Offizier schlug schwer vornüber auf den Tisch, streifte eine volle Weinflasche und blieb bewegungslos liegen. Glucksend lief der Wein aus der Flasche, bis sie leer war.

Dreizehn Augenpaare starrten — wie hypnotisiert — auf den blutroten Fleck, der sich vom Ohr des Offiziers her weiter und weiter auf dem schneeweißen Tischtuch ausbreitete. Und noch immer hatte niemand ein einziges Wort gesprochen.

Nicolson drehte sich nun wieder zu der halb offenen Tür, sah, daß hinter ihr ein langer Gang lag, leer, ohne Spur eines

Menschen. Er zog die Tür zu und schloß sie ab. Hinter der zweiten Tür, die er ebenfalls schnell öffnete, befand sich eine kleine Garderobe, knapp zwei Meter breit und zwei Meter tief — ohne Fenster. Die Tür der Garderobe ließ Nicolson geöffnet — warum, wußte er selber nicht. Es geschah mehr aus einem unbewußten Gefühl heraus.

Nicolson ging zur Festtafel zurück. Er durchsuchte die Männer, die an seiner Seite saßen, nach Waffen. McKinnon stand auf der anderen Seite unbeweglich — nur der Lauf der Maschinenpistole folgte jeder Bewegung Nicolsons.

Mc Kinnon tat dasselbe auf seiner Seite, während Nicolson ihm mit seinem automatischen Karabiner Feuerschutz gab.

Das Ergebnis der Durchsuchung war überraschend gering — ein paar Dolche und drei Revolver waren den japanischen Offizieren abgenommen worden. Sie schienen sich in Oberst Kisekis Villa sehr sicher zu fühlen.

Langsam ging Nicolson ans Kopfende der hufeisenförmigen Tafel. Er richtete den Blick auf den korpulenten Mann, der in der Mitte saß, und fragte:

»Sie sind Oberst Kiseki?«

Der Oberst nickte nur, sagte aber nichts. Sein Gesicht war völlig gleichgültig, er zeigte keinerlei Regung, weder Angst noch Wut noch Fatalismus. Nur die kleinen Augen in diesem fleischigen Gesicht gingen wachsam hin und her, her und hin.

Ein gefährlicher Mann, mußte Nicolson denken. Ihn zu unterschätzen, kann im Bruchteil einer Sekunde das Leben kosten.

Nicolson stand dicht vor Kiseki und gab ihm einen Befehl: »Sagen Sie den Männern, daß sie alle die Hände auf den Tisch legen — mit der Handfläche nach oben ... und daß die Hände so auf dem Tisch liegenbleiben müssen!«

»Ich denke nicht daran.«

Oberst Kiseki verschränkte die Arme und lehnte sich lässig in seinem Sessel zurück, ganz, als sie es nach wie vor nur er, der hier zu befehlen habe. Er musterte Nicolson verächtlich und fuhr dann fort: »Warum sollte ich ...«

Aber er konnte nicht weiterreden. Er brach mitten im Satz ab und schnappte nach Luft, als die Mündung des Karabiners sich tief in die Speckfalten seines starken Halses bohrte.

»Ich zähle bis drei«, sagte Nicolson mit gleichgültiger und eiskalter Stimme. Dabei war ihm durchaus nicht gleichgültig und eiskalt zumute.

»Eins — zwei —«
»Halt!«

Kiseki schrie es, lehnte sich nach vorn, dem Druck der Gewehrmündung ausweichend, und begann hastig zu reden. Er redete japanisch. Im nächsten Augenblick kamen rund um die hufeisenförmige Tafel die Hände auf den Tisch, mit den geöffneten Handflächen nach oben, wie Nicolson es angeordnet hatte.

»Sie wissen, wer wir sind?« fuhr Nicolson nach einer Weile fort.

»Ich weiß, wer Sie sind!«

Kiseki antwortete englisch. Sein Englisch war langsam und mühsam, aber man konnte es gerade noch verstehen.

»Von dem englischen Tanker ›Viroma‹ sind Sie«, sagte Oberst Kiseki. »Aber Sie sind Narren, komplette Narren. Was für eine Hoffnung machen Sie sich? Auch wenn Sie uns alle umlegen, wie wir hier um den Tisch sitzen, glauben Sie denn, Sie werden jemals Bantuk lebend verlassen? Ich kann Ihnen nur raten, auf der Stelle zu kapitulieren. In diesem Falle verspreche ich Ihnen ...«

»Schweigen Sie!« befahl Nicolson barsch.

Er deutete mit einem Kopfnicken auf die beiden Männer, die rechts und links von Kiseki saßen: der eine ein japanischer Offizier, der andere ein Indonesier mit einem dunklen, fülligen Gesicht und einem gutsitzenden schwarzen Anzug.

»Wer sind diese beiden?«

»Mein Adjutant und der Bürgermeister dieser Stadt Bantuk.«

»Ach, sieh mal an, der Bürgermeister von Bantuk!« Nicolson musterte den Mann lange und sagte dann zu ihm: »Sieht so aus, als lebten Sie als Kollaborateur nicht schlecht.«

»Ich weiß nicht, wovon Sie reden«, sagte der Bürgermeister verächtlich.

Kiseki sah Nicolson aus Augen an, die zu schmalen Schlitzen zusammengekniffen waren. »Der Bürgermeister ist ein ...«

»Mann, halten Sie den Mund!« sagte Nicolson barsch. »Natürlich brauchen Sie solche Kreaturen.«

Er ließ den Blick rasch über die Tafelrunde schweifen — zwei oder drei japanische Offiziere, ein halbes Dutzend Chinesen, ein Araber und ein paar Javaner. Dann wandte er sich wieder an den Oberst:

»Sie, Ihr Adjutant und der Bürgermeister bleiben hier. Alle anderen in die Garderobe dort!«

Im gleichen Augenblick rief McKinnon vom Fenster her leise zu Nicolson:

»Sie kommen, Sir. Sie kommen eben mit den Gefangenen die Auffahrt herauf!«

»Los, schnell — in die Garderobe!« wiederholte Nicolson und stieß Kiseki erneut den Lauf des Karabiners in den Hals. »Sagen Sie den Leuten, sie sollen sofort in der Garderobe verschwinden — sofort!«

Er wußte, daß es jetzt auf Sekunden ankam.

»Aber — da ist keine Luft... da ist es viel zu eng...«, sagte Kiseki und versuchte wieder zu protestieren.

»Wenn Ihre Gäste es vorziehen, hier zu sterben — bitte!« Nicolson lehnte sich mit noch mehr Gewicht gegen seinen Karabiner, und sein Zeigefinger krümmte sich fester um den Abzug.

»Aber Sie werden als erster sterben, Kiseki!«

Die Drohung wirkte Wunder. Dreißig Sekunden später war der Raum still und fast leer. Nur Kiseki, sein Adjutant und der Bürgermeister von Bantuk saßen verloren am Kopfende der gestörten Festtafel.

Die elf übrigen Gäste des Oberst Kiseki aber befanden sich, eng zusammengepfercht, in der winzigen Garderobe. Nicolson hatte die Tür von außen abgeschlossen und den Schlüssel in die Tasche gesteckt.

Er stellte sich so, daß er die Flügeltür im Auge behalten konnte, durch die die Japaner mit den Gefangenen jeden Augenblick hereinkommen mußten. Außerdem stand er aber auch so, daß der Lauf seines Karabiners, den er in den Händen hielt, auf die Brust Kisekis gerichtet war. Aber man sah ihn nicht, weil er hinter der einen offenstehenden Flügeltür stand. McKinnon hatte sich flach auf den Fußboden geworfen.

Wer von draußen kam, sah also nur den Oberst, seinen Adjutanten und den Bürgermeister von Bantuk.

Nicolson sagte dem Oberst, was er in den kommenden Minuten zu tun habe, wenn ihm sein Leben lieb sei. Der Oberst hatte den Befehl und die Drohung deutlich genug verstanden. Und er war alt genug, um zu wissen, daß Nicolson ihn wie einen Hund über den Haufen schießen würde, wenn er den geringsten Verdacht schöpfte. Und Kiseki war kein Idiot. Er hatte die Absicht, sich genau an Nicolsons Befehle zu halten.

Zuerst hörte Nicolson das Weinen des kleinen Jungen, ein müdes, verzagtes Wimmern. Die Schritte der Soldaten knirschten draußen auf dem Kies und kamen näher.

Dann hatten die Soldaten die Halle durchquert, machten vor der Tür Halt und setzten sich auf ein lautes Kommando von Oberst Kiseki hin wieder in Bewegung. Im nächsten Augenblick standen sechs Japaner im Raum, vor ihnen die Gefangenen.

Als erster kam Kapitän Findhorn. Zwei Soldaten hatten ihn rechts und links unter den Armen gefaßt. Seine Beine versagten den Dienst, sein Gesicht war aschfahl und völlig verzerrt vor Schmerzen. Er atmete rasch und röchelnd, er war am Ende seiner Kräfte.

Die Soldaten blieben stehen und ließen seine Arme los. Findhorn schwankte, einmal nach vorn, einmal nach hinten, seine blutunterlaufenen Augen verdrehten sich. Im nächsten Augenblick fiel er zusammen und stürzte bewußtlos zu Boden.

Hinter dem Kapitän stand Gudrun Drachmann. Sie hatte Peter, den kleinen Jungen, auf dem Arm. Ihr schwarzes Haar fiel in wirren Strähnen in ihr Gesicht, die Bluse war aufgerissen und hing in Fetzen über den Rücken herunter. Und ihre glatte Haut war wie mit Pocken übersät von blutigen Stellen. Der Soldat, der hinter ihr stand, drückte ihr auch jetzt die Spitze seines Bajonetts zwischen die Schulterblätter.

Nicolson mußte sich beherrschen, um nicht hinter der Tür hervorzuspringen und sein ganzes Magazin auf den Mann, der mit dem Bajonett hinter Gudrun stand, abzufeuern. Er sah, wie Gudrun schwankte, wie ihre Beine vor Erschöpfung zitterten — er spürte, daß sie sich nur mit letzter Kraft aufrecht hielt.

Plötzlich gab Oberst Kiseki mit bellender Stimme einen Befehl. Die Soldaten starrten ihn an und begriffen nicht. Er wiederholte seinen Befehl fast augenblicklich und schlug dabei mit der flachen Hand heftig auf den Tisch.

Vier Soldaten ließen die Waffen, die sie in den Händen hielten, sofort zu Boden fallen. Der fünfte runzelte die Stirn, als traue er seinen Ohren nicht, richtete den Blick auf seine Kameraden, sah, daß ihre Waffen auf dem Boden lagen, und öffnete ebenfalls langsam die Hand, die den Karabiner hielt.

Nur der sechste Japaner, der das Bajonett in Gudruns Rükken hielt, begriff auf den ersten Blick, daß hier etwas ganz und gar nicht in Ordnung war. Er duckte sich, sah sich aufgeregt um — und fiel schon wie ein gefällter Baum zu Boden, als Telak, der unhörbar aus der Halle hereingekommen war, den Kolben seines Gewehrs auf seinen Kopf heruntersausen ließ.

Im nächsten Augenblick tauchten auch Nicolson und McKinnon aus ihrem Versteck auf und standen im Raum. Telak trieb die fünf japanischen Soldaten in eine Ecke, McKinnon stieß mit dem Fuß die Flügeltür zu und hielt die drei Männer am Tisch wachsam mit seiner Waffe in Schach.

12

Nicolson sagte kein Wort. Langsam ging er auf Gudrun zu, die den Jungen auf den Armen hielt. Er legte die Hände auf ihre Schultern. Und dann vergrub Gudrun ihr Gesicht an seiner Brust. Als sie den Kopf wieder hob, waren ihre blauen Augen verschleiert von Tränen.

McKinnon sah von Zeit zu Zeit zu ihnen hin, über beide Backen grinsend, aber der Lauf seiner Maschinenpistole blieb unbeweglich auf Oberst Kiseki, seinen Adjutanten und den Bürgermeister von Bantuk gerichtet.

»Oh, Johnny«, stammelte Gudrun, »wie um alles in der Welt ... ich verstehe nichts ... wie kommst du hierher ... wie ...«

»Wahrscheinlich Privatflugzeug«, sagte Nicolson mit einer lässigen Handbewegung. »War ganz einfach. Nicht wahr, Bootsmann?«

»Ganz einfach, Sir«, sagte McKinnon, aber sein Gesicht war wieder ernst geworden.

»McKinnon, binden Sie unsere drei Freunde da am Kopfende der Tafel. Aber nur die Hände. Und die — fest auf den Rücken!« sagte Nicolson.

»Uns binden?«

Oberst Kiseki beugte sich vor und umklammerte mit den Händen die Tischkante. »Ich sehe keine Notwendigkeit ... ich ... protestiere ...«

Nicolson sagte wie beiläufig zu McKinnon: »Wenn Sie mit den dreien da Schwierigkeiten haben, dann knallen Sie sie nieder, sie sind für uns jetzt nicht mehr wichtig, und auch der Oberst hat seine Schuldigkeit getan«

Er sagte es absichtlich; denn der wichtigste Dienst, den Kiseki ihnen zu leisten hatte, stand erst noch bevor.

»Zu Befehl, Sir«, antwortete McKinnon.

Er riß einige der Moskitovorhänge von den Fenstern. Wenn man sie zusammendrehte, ergaben sie ausgezeichnete Fesseln. Er machte sich an die Arbeit.

Nicolson stieß mit der Fußspitze gegen den Koffer, den einer der Soldaten mitgebracht hatte. Dann öffnete er ihn und sah hinein.

»Die Pläne und die Diamanten... Ich hoffe, Oberst, Sie haben Ihr Herz nicht an die Diamanten gehängt?«

Kiseki starrte Nicolson mit ausdrucksloser Miene an. Gudrun Drachmann schnappte nach Luft:

»Also — das ist Oberst Kiseki!«

Sie sah ihn lange an und erschauerte. »Hauptmann Yamata hat nicht übertrieben«, sagte sie zu Nicolson.

»Was ist mit Hauptmann Yamata?« fragte Kiseki. Seine Augen, die schon normalerweise hinter den Speckfalten kaum zu sehen waren, waren jetzt völlig verschwunden.

»Hauptmann Yamata ist bei seinen Ahnen«, sagte Nicolson trocken. »Van Effen hat ihn in beinahe zwei Teile geschossen!«

»Sie lügen!« schrie der gefesselte Kiseki. »Sie lügen. Van Effen war unser Freund... ein sehr guter, der beste Freund...«

»War — ist richtig«, sagte Nicolson. »Aber er blieb es nicht. Fragen Sie Ihre eigenen Leute — später. Jetzt eine andere Frage, die viel wichtiger ist: Sie müssen hier im Haus ein Funkgerät haben, Oberst Kiseki. Wo ist es?«

Zum erstenmal öffneten sich Kisekis Lippen zu einem Lächeln und man konnte die Goldplomben seiner Zähne sehen.

»Ich muß Sie leider enttäuschen, Mister... hm —«

»Nicolson. Aber der Name spielt keine Rolle. Lassen wir die Formalitäten. Ich habe nach dem Funkgerät gefragt, Oberst Kiseki!«

Kiseki zeigte mit dem Kopf — seine Hände waren längst von McKinnon auf den Rücken gebunden worden — auf die lange Anrichte.

»Ich sprach nicht von einem Rundfunkapparat, Oberst!« sagte Nicolson ungewöhnlich laut und scharf. »Ich sprach von Ihrem Sendegerät.« Er lächelte und fuhr fort: »Ich nehme nicht an, daß Sie bei der Übermittlung von Nachrichten auf Brieftauben angewiesen sind.«

»Englischer Humor. Haha ... wirklich sehr witzig«, sagte Kiseki und lachte. »Natürlich haben wir ein Sendegerät, Mister — hm — Nicolson. In der Kaserne ...«

»Wo ist die Kaserne?«

»Am anderen Ende der Stadt. Eine Meile von hier entfernt — mindestens eine Meile.«

Nicolson rieb sich mit dem Zeigefinger über seine Bartstoppeln und richtete den Blick wieder auf Kiseki.

»Sie können schwören, daß nur in der Kaserne ein Sendegerät ist, Oberst Kiseki?«

»Ich kann es, Mister — hm — Nicolson.«

Nicolson schien eine Weile zu überlegen. Er sah McKinnon zu, der inzwischen den Adjutanten gefesselt hatte und auch den Bürgermeister. Dessen dunkle Augen waren voller Angst.

»Ich nehme an«, sagte Nicolson, »der Bürgermeister ist ein guter Freund von Ihnen, Oberst Kiseki?«

Kiseki räusperte sich und begann großspurig: »In meiner Eigenschaft als Kommandeur der Garnison habe ich begreiflicherweise ein Interesse ...«

»Ersparen Sie mir den Rest«, sagte Nicolson. »Ich vermute, daß seine Amtsgeschäfte ihn ziemlich oft hierher führen.«

Nicolson sagte es und musterte den Bürgermeister ziemlich verächtlich. Kiseki fiel auf Nicolsons Frage herein.

»Ihr hierher führen?« fragte er. »Aber — Mister Nicolson — es ist genau umgekehrt: dies hier ist das Haus des Bürgermeisters, ich bin nur sein Gast!«

»Ach — wirklich?«

Nicolson sah den Bürgermeister an. Er überlegte.

»Sprechen Sie vielleicht ein paar Worte englisch, Herr Bürgermeister?« fragte er.

»Ich — ich spreche englisch fließend, Mister«, sagte der Bürgermeister. Die Angst auf seinem Gesicht wich für einen Augenblick einem Ausdruck des Stolzes.

»Na, großartig«, meinte Nicolson trocken. »Wie wäre es dann, wenn wir ein wenig englisch miteinander sprechen würden?«

Nicolson senkte seine Stimme und fuhr härter und fast in befehlendem Ton fort:

»Wo in diesem Haus befindet sich das Sendegerät des Oberst Kiseki, Herr Bürgermeister?«

Kiseki fuhr herum, hochrot im Gesicht, wütend, daß Nicolson ihn hereingelegt hatte. Er sah den Bürgermeister an.

»Ich werde nichts sagen!«

Die Lippen des Bürgermeisters zuckten und bewegten sich vor Angst auch dann, wenn er nicht sprach.

»Sie werden mich nicht zum Sprechen bringen«, sagte er stockend.

Nicolson warf McKinnon einen Blick zu und sagte: »Bootsmann, verdrehen Sie ihm den Arm ein bißchen. ja? Nicht zu viel, wenn ich bitten darf!«

McKinnon tat es. Der Bürgermeister schrie auf, mehr aus Angst vor dem Schmerz als von dem Schmerz selbst. McKinnon lockerte den Griff. »Nun?« fragte Nicolson.

»Ich weiß nicht, wovon Sie reden«, stammelte der Bürgermeister.

Diesmal brauchte McKinnon nicht erst auf den Befehl zu warten. Der Bootsmann zog dem Bürgermeister von sich aus den rechten Arm nach oben, bis der Handrücken flach auf dem Schulterblatt lag.

»Vielleicht oben im Haus?« fragte Nicolson wie beiläufig.

»Ja, oben«, sagte der Bürgermeister, schluckend vor Schmerz und Angst. »Oh, mein Arm ... oben auf dem Dach ... oh, Sie haben wir den Arm gebrochen ...«

»Es ist gut, McKinnon«, sagte Nicolson Er wandte sich zu Oberst Kiseki:

»Los, Oberst, zeigen Sie mir den Weg!«

»Diese Sache mag mein tapferer Feind zu Ende führen«, antwortete Kiseki wütend und verächtlich. »Er kann Ihnen ja zeigen, wo das Gerät steht.«

»Ich zweifle nicht daran, Oberst Kiseki«, sagte Nicolson. »Ich ziehe es aber vor, mit Ihnen zu gehen. Ich habe es außerdem sehr eilig, Oberst. Los, kommen Sie!«

Nicolson nahm seinen Karabiner in die linke Hand, zog mit der rechten einen der Revolver aus seinem Gürtel und entsicherte ihn.

»Sie sind die beste Lebensversicherung, Oberst. Also, los...«

Sie verschwanden nach oben. McKinnon hielt die anderen in Schach. Fünf Minuten später kam Nicolson mit Oberst Kiseki zurück.

Das Funkgerät war ein Trümmerhaufen aus verbogenem Stahl und zerschlagenen Röhren.

Mc Kinnon war inzwischen nicht müßig gewesen. Kapitän Findhorn lag auf der Tragbahre, in Wolldecken gewickelt, und hielt Peter, den kleinen Jungen aus Singapur, im Arm.

An jeder der vier Ecken der Tragbahre kauerte ein japanischer Soldat: McKinnon hatte ihre Handgelenke mit zuverlässigem Schifferknoten fest an die Griffe der Tragbahre gebunden. Der Bürgermeister und Kisekis Adjutant waren mit dem linken beziehungsweise rechten Ellenbogen aneinander gefesselt.

»Wirklich hübsch gemacht«, sagte Nicolson. »Sehr hübsch.«

»Nicht der Rede wert. Sir«, sagte McKinnon, packte Oberst Kiseki mit festem Griff und fesselte seinen rechten Ellenbogen an den linken des Bürgermeisters.

»Ausgezeichnet«, sagte Nicolson.

Er warf einen Blick in die Garderobe und sperrte die Tür zur kleinen lichtlosen Kammer zu.

»Sehe jetzt keinen Grund mehr, McKinnon, auch nur einen Augenblick länger hierzubleiben.«

»In Ordnung, Sir. Gehen wir!«

»Wohin gehen wir?«

Kiseki stand breitbeinig da, den runden Schädel tief zwischen die Schultern geduckt. »Wohin wollen Sie uns bringen?«

»Das kann ich Ihnen sagen, Oberst«, meinte Nicolson. »Wie Telak mir sagte, ist Ihre Barkasse das beste und schnellste Fahrzeug hundert Meilen die Küste hinauf und hinunter. Ehe es wieder hell wird, werden wir damit längst durch die Sunda-Straße im Indischen Ozean sein.«

Kisekis Gesicht war wutverzerrt. »Mit meiner Barkasse werden Sie nicht weit kommen — als Engländer.«

Er brach ab. Ein neuer und noch schrecklicherer Gedanke schoß ihm durch den Kopf. Er warf sich nach vorn und schleifte die beiden anderen, an die er gebunden war, über den Boden. Rasend vor Zorn stieß er mit dem Fuß gegen Nicolson:

»Sie wollen mich mitnehmen, wie? Sie verdammter Kerl — Sie wollen mich mitnehmen?«

»Natürlich«, antwortete Nicolson ganz ruhig. »Was hatten Sie denn gedacht?«

Er ging zwei Schritte zurück, um dem neuerlichen Fußtritt Kisekis auszuweichen. Dann stieß er die Mündung seines Karabiners nicht gerade sanft in Kisekis Zwerchfell. Der Oberst krümmte sich vor Schmerzen.

»Sie sind unsere einzige Garantie«, sagte Nicolson, »daß wir unbehelligt bleiben. Es wäre heller Wahnsinn, wenn wir Sie hier ließen.«

»Ich komme nicht mit«, sagte Kiseki und keuchte. »Ich komme nicht mit. Eher können Sie mich töten, als daß ich mitkomme. In ein Gefangenenlager? Ich, der Oberst Kiseki, Gefangener der Engländer? Nie und nimmer! Eher können Sie mich töten!«

»Wird nicht nötig sein«, sagte Nicolson. »Wir können Sie fesseln, knebeln, notfalls sogar auf einer Tragbahre mitnehmen. Aber es würde die Sache nur komplizieren, Oberst Kiseki! Sie können wählen — entweder kommen Sie freiwillig und zu Fuß oder auf einer Tragbahre und mit ein paar Löchern in den Beinen, damit Sie schön still liegen!«

Kiseki sah in Nicolsons erbarmungsloses Gesicht und traf seine Wahl:

Er begleitete sie zu Fuß.

Auf dem Weg zur Mole begegneten sie weder einem japanischen Soldaten noch sonst jemandem. Es war eine windstille Nacht, aber es regnete heftig.

Vannier, der die andere Gruppe angeführt hatte, war bereits an Bord der Barkasse. Nur ein einziger Posten hatte sie bewacht — kein Problem für Vannier und seine Leute.

Miß Plenderleith lag bereits unter Deck und schlief. Walters war eben dabei, Funkverbindung aufzunehmen.

Genau zehn Uhr abends legten sie von der Mole ab und fuhren mit leise schnurrenden Motoren hinaus auf das Meer. Es war glatt wie ein Dorfteich.

Nicolson hatte Telak gebeten, mit an Bord zu gehen. Doch der Sohn des toten Häuptlings hatte abgelehnt und gesagt, sein Platz sei bei seinen Leuten.

»Und das Grab van Effens im Dschungeldorf wird das schönste Grab auf allen Inseln sein«, fügte er hinzu.

Er ging die lange Mole entlang, ohne auch nur noch einen Blick zurückzuwerfen.

Sie fuhren hinaus in die Dunkelheit. Mit weit geöffneten Drosselklappen steuerte die Barkasse südwestlichen Kurs, Kurs Indischen Ozean.

Um halb drei Uhr morgens trafen sie sich mit der ›Kenmore‹, einem britischen Zerstörer der Q-Klasse, an der durch Funkspruch verabredeten Stelle.

**Das Gesamtverzeichnis der Heyne-Taschenbücher
informiert Sie ausführlich über alle lieferbaren Titel.
Sie erhalten es von Ihrer Buchhandlung
oder direkt vom Verlag.
Wilhelm Heyne Verlag, Postfach 201204,
8000 München 2**

ROBERT LUDLUM

*Die Superthriller
von Amerikas
Erfolgsautor
Nummer 1*

01/5803 – DM 7,80

01/6044 – DM 7,80

01/6136 – DM 7,80

01/6180 – DM 7,80

01/6265 – DM 10,80

01/6417 – DM 9,80

01/6577 – DM 9,80

01/6744 – DM 9,80